ullstein

MAXIM LEO, 1970 geboren, studierte Politikwissenschaften, wurde Journalist und schreibt Drehbücher für den *Tatort*. Für sein autobiografisches Buch *Haltet euer Herz bereit* wurde er 2011 mit dem Europäischen Buchpreis ausgezeichnet. 2019 erschien *Wo wir zu Hause sind. Die Geschichte meiner verschwundenen Familie* und wurde ein Bestseller. Maxim Leo lebt mit seiner Frau und zwei Kindern in Berlin.

JOCHEN GUTSCH, geboren 1971, ist Reporter und Kolumnist beim *Spiegel*. Er erhielt den Theodor-Wolff-Preis und den Henri-Nannen-Preis. Er veröffentlichte den Roman *Cindy liebt mich nicht* (zusammen mit Juan Moreno), der für das Kino verfilmt wurde. Zusammen mit Maxim Leo verfasste er die Bestseller *Sprechende Männer* (2011), *Es ist nur eine Phase, Hase* (2018) und *Du bleibst mein Sieger, Tiger* (2019).

Maxim Leo / Jochen Gutsch

Es ist nur eine Phase, Hase

Ein Trostbuch für Alterspubertierende

Mit Illustrationen von Wolf Leo

Ullstein

Besuchen Sie uns im Internet:
www.ullstein.de

Wir verpflichten uns zu Nachhaltigkeit

- Klimaneutrales Produkt
- Papiere aus nachhaltiger Waldwirtschaft und anderen kontrollierten Quellen
- ullstein.de/nachhaltigkeit

MIX
Papier
FSC® C083411

Ungekürzte Ausgabe im Ullstein Taschenbuch
1. Auflage Oktober 2021

Umschlaggestaltung: zero-media.net, München
Titelabbildung: Isaraufwärts unter Verwendung einer Fotografie von Mathias Bothor nach einer Illustration von Michael Sowa

Satz: LVD GmbH, Berlin
Gesetzt aus der Quadraat Pro
Druck und Bindearbeiten: CPI books GmbH, Leck
ISBN 978-3-548-06506-9

Inhalt

Im Auftrag des Herrn

Müsste ich einen Moment benennen, in dem ich zum Alterspubertier wurde, den »point of no return« sozusagen, dann waren es die zwei Sekunden, in denen mein Augenarzt sagte: »Tja, Sie brauchen eine Lesebrille.«

Zuvor hatte ich versucht, die Sache zu ignorieren und im Alltag mit Tricks über die Runden zu kommen. Im Restaurant schaute ich angestrengt in die Speisekarte, die Buchstaben verschwammen zu einem unleserlichen Brei, also sagte ich zu meiner Frau: »Liebling, ich nehme einfach das Gleiche wie du.« Hatte ich Glück, stand ihr der Sinn nach Wiener Schnitzel. Hatte ich Pech, löffelte ich Kürbis-Ingwer-Suppe oder lutschte an einer Portion Soja mit Gemüse herum.

Saß ich allein im Restaurant, war die Situation kniffliger. Zuerst fragte ich nach dem Tagesgericht oder der Empfehlung. Sagte mir beides nicht zu, musste ich improvisieren. Ich tippte zum Beispiel auf die Speisekarte und fragte den Kellner: »Hier, schauen Sie mal, würden Sie sagen, das ist eher eine Vorspeise oder eine Hauptspeise?«

Oft habe ich mir gewünscht, dass es in Restaurants spezielle Speisekarten für Alterspubertiere gibt. Sie sind groß wie Wohnungstüren und werden von studentischen Hilfskräften an den Tisch gekarrt. Die Buchstaben sind auf ein Seitenformat von DIN A1 hochgezoomt. Warum habe immer nur ich so gute, praktische Ideen?

Letztlich war es dann ein Foto, das meinen Lesebrillen-Widerstand brach. »Guck mal, kennst du den?«, fragte meine Frau und hielt mir eines Morgens ihr Handy vor das Gesicht. Das Foto zeigte einen Mann, der mir erstaunlich ähnlich sah, am Tisch saß und Zeitung las. Aber las er überhaupt? Oder versuchte er – seine Nase berührte fast das Papier –, die Buchstaben einzuatmen?

Am nächsten Tag ging ich zum Augenarzt.

Am übernächsten zum Optiker.

Heute habe ich eine Lesebrille, sie ist nicht direkt hässlich, aber sobald ich sie aufsetze, saugt sie die letzte Jugendlichkeit aus meinem Gesicht. Ich sitze am Tisch, lese die Zeitung, und spricht mich jemand an, schiebe ich die Lesebrille Richtung Nasenspitze und schiele über die Brillengläser hinweg wie über einen Gartenzaun. Allein in dieser winzigen Geste steckt alle Opahaftigkeit der Welt.

Meine Frau ist genervt, weil ich sie jetzt mehrmals in der Woche frage: »Hast du meine Brille gesehen?«

»Welche?«, antwortet sie.

Ich sollte erwähnen, dass ich auch kurzsichtig bin. Ich habe also zwei Brillen. Eine ist immer weg. Es ist rätselhaft. Manche Alterspubertiere nehmen ihre Lesebrille deshalb präventiv in

Haft und binden sie sich mit Hilfe eines Brillenbandes um den Hals, wie einen Kampfhund an den Baum.

Gestern verschwanden dann meine beiden Brillen gleichzeitig. Sie arbeiteten im Team. Sie wollten mich verhöhnen, fertigmachen. Halb blind tastete ich mich durch die Wohnung, robbte auf den Knien über den Teppich, schnüffelte schließlich wie ein Brillenspürhund unter dem Bett und um das Klo herum und fluchte vor mich hin. Verfluchte die Brillen, mein Leben, mein Alter. Ja, das tat ich, gottverdammte Scheiße noch mal!

Dann klingelte es an der Tür. Als ich öffnete, stand ein älterer Herr in einem weißen Bademantel vor mir. An den Füßen trug er weiße Badelatschen. Ich hatte den Mann, da war ich mir sicher, nie zuvor gesehen. Gleichzeitig kam er mir aber auch total bekannt vor.

»Guten Tag«, sagte der Mann und hielt mir zwei Brillen entgegen. Meine Brillen! Dann ging er an mir vorbei in meine Wohnung und setzte sich auf meine Couch.

Er tat das mit einer solchen Autorität, dass ich einfach die Wohnungstür schloss und hinterhertrottete.

»So«, sagte der Mann und legte die Füße auf den Couchtisch, »du hast dich beschwert. Was kann ich für dich tun?«

»Ich habe mich beschwert ...?«, fragte ich.

Der Mann zog ein weißes Notizbuch aus der weißen Bademanteltasche. »Exakt ... achtundzwanzigmal in den vergangenen drei Wochen. Weil deine Haare weniger werden, dein Bauch wächst, du bald fünfzig wirst. Du beschwerst dich, dass du keine

Abenteuer mehr erlebst, du klagst über deine pubertierenden Kinder, deine mittelharte Morgenlatte, die moderne Popmusik, dein Sexleben, die Lesebrille ... Soll ich weiter aufzählen? Dazu das Gefluche. Gottverdammt, gottverfickt, gottwasauchimmer. Ich kann's nicht mehr hören!«

»Sie sind ... Gott?«, fragte ich.

»Darauf kannst du einen lassen«, sagte Gott. »Also, was ist los?«

»Ich bin in der Alterspubertät.«

»Na und? Ich auch«, sagte Gott.

»Sie auch?«, fragte ich.

»Ja, eine wunderbare Zeit. Ich bin angekommen in der Lebensmitte, habe mir was aufgebaut: die Erde. Ich bin gelassener als früher, klüger, muss nicht mehr jeden Quatsch mitmachen. Mein Sohn ist auch endlich raus aus der Pubertät. Herrlich! Und ich arbeite nicht mehr so viel. Freitags stelle ich das Handy aus. Oder mache die Rufumleitung zum Papst rein.«

Gott kramte in seiner ausgebeulten Bademanteltasche und holte einen rauchenden, absolut göttlich duftenden Joint hervor, an dem er nun genüsslich sog. Wie gerne, dachte ich noch, würde ich auch mal wieder ... als Gott mir schon den Joint hinhielt.

»Ich bin achtundvierzig Jahre alt«, sagte ich und spürte, wie der göttliche Stoff durch mein Gehirn schoss wie eine Leuchtrakete. »Und ich vermisse meine Jugend.«

»Echt? Ich bin siebenhundertdreiundsechzig Milliarden Jahre

alt und vermisse meine Jugend kein bisschen«, sagte Gott. »In der Jugend habe ich nur unnützen Quatsch erfunden: den roten Pavian-Arsch, den Brokkoli, den Rosenkohl, die deutschen Mittelgebirge, den Heuschnupfen oder Belgien.«

»Und die Alterspubertät?«, fragte ich.

»Die fiel mir erst später ein«, sagte Gott. »Ich dachte, ich gönne den Menschen mal eine Verschnaufpause. Nach der anstrengenden, sexlastigen Jugend. Ich wollte ihnen eine entspannte, reife, hormonell gedämpfte Zeit verschaffen, in der sie nach dem schönen Motto leben: *Alles kann, nichts muss.* Die goldenen Jahre zwischen vierzig und sechzig! Stattdessen ... suchen die Menschen plötzlich nach dem bekloppten Lebenssinn, machen Yoga, arbeiten bis zum Burnout, spritzen sich Botox in den Arsch, rennen über den Jakobsweg. Na ja, wenigstens ist es lustig.«

»Lustig? Die Alterspubertät ist total deprimierend«, sagte ich.

»Schau dich doch an«, sagte Gott. »Wie du auf Knien über den Teppich gerobbt bist, fluchend, immer knapp an der Lesebrille vorbei – das war sehr, sehr komisch. Wir haben alle gebrüllt vor Lachen.«

»Wir?«, fragte ich. »Wer ist wir?«

»Na, die ganze Mischpoke: Petrus, Mohammed, Jesus, Luther, Amy Winehouse, Mutter Teresa ... Wenn wir im Himmel ein bisschen Spaß brauchen, schauen wir uns Katzenvideos auf YouTube an. Oder Alterspubertiere auf der Erde.«

Gott lachte. Es klang, als würde man eine Katze in den Müllschlucker werfen.

»Weißt du, was das Allerlustigste ist?«, fragte Gott.

»Ich will's gar nicht wissen«, sagte ich.

»Wenn sich ein Alterspubertier so verzweifelt gegen das Schicksal wehrt. Dieses dramatische Aufbäumen. Dieses: Ich will mich wieder spüren! Saukomisch ist das.« Dann stand Gott auf, drückte mir den Joint in die Hand, klopfte mir väterlich auf die Schulter und ging. Ich hörte nur noch seine Schritte durch das Treppenhaus hallen.

»Aber was soll ich jetzt tun?«, rief ich Gott hinterher.

»Schreib ein Buch!«, rief Gott. »Ein Buch, das Trost spendet. Für dich und andere Alterspubertiere.«

»So eine Art Bibel oder was?«, fragte ich.

»Nee, was Lustiges«, rief Gott.

Und dieser Auftrag war das Letzte, was ich von ihm hörte.

Müde, gereizt und enttäuscht vom Feminismus

Wir lagen im Bett, Samstagnacht. Wollten endlich schlafen, aber es ging nicht. Unmöglich. »Dieser verdammte Lärm«, sagte ich. Aus dem Hof schallte es: BUMM-BUMM-BUMM. Irgendwo wurde gefeiert, infernalisch laut gefeiert. Es war, als würden wir direkt in der Disco schlafen.

Ich schaute auf die Uhr: 01.30 Uhr.

»Tu was!«, sagte meine Frau schlaftrunken.

Immer sagt sie »Tu was«, wenn sie nicht weiß, was sie tun soll.

Dann soll ich was tun.

»Warum ich?«

»Ja, wer denn sonst? Du bist schließlich der Mann.«

Dann drehte sie sich um, Kissen auf dem Kopf.

Ich ging ins Wohnzimmer, müde, gereizt und enttäuscht vom Feminismus. Ich öffnete die Balkontür zum Hof: BUMM-BUMM-BUMM. In einigen Wohnungen war noch Licht, ich lauschte wie eine Eule in die Nacht. Wo kam der Lärm her? Wo war die Quelle? Schwer zu sagen.

Ich zog mir eine Jacke über und schlich durch das Treppenhaus, Etage für Etage, an den Wohnungstüren lauschend. Ich fühlte mich ein bisschen unwohl, als ich so patrouillierte. Andererseits, dachte ich, gibt es ja immer zwei Wege, so ein Lärmproblem zu lösen: den uncoolen und den coolen. Natürlich war ich der Mann für den coolen Weg. Ich würde an der Wohnungstür klingeln und sagen: »Freunde, super Party habt ihr hier am Start! Ich würde auch total gerne bleiben und euch meine neuen Moves auf dem Dancefloor zeigen. Leider bin ich heute etwas müde, weil ich die ganze Woche schon steil unterwegs war. Könntet ihr die Musik ein klitzekleines bisschen leiser machen? Danke, Leute! Party on!«

Von dieser Vorstellung ermutigt, ging ich rüber in den Seitenflügel, der Lärm wurde lauter, ich stieg die Treppe hoch. BUMM-BUMM-BUMM. Vor der Partywohnung stand ein junger Mann. Er sah mich an, grinste, sagte: »Geile Hose, Alter.«

Dann schlüpfte er in die Wohnung.

Geile Hose? Ich trug eine Jacke, darunter aber, wie mir nun auffiel, meinen karierten Schlafanzug. Ich sah aus wie ein trotteliges Väterchen, jemand aus der Raucherecke eines Krankenhauses.

Ich hörte die Leute hinter der Tür betrunken lachen. Es klang jung, euphorisch. Ich hörte das Klirren von Gläsern und Flaschen, ich sah quasi vor mir, wie sie dort tanzten, die Hände in die Luft warfen zum dröhnenden BUMM-BUMM-BUMM.

Und dort sollte ich jetzt klingeln?

Meine coolen Sätze waren weg. Ich könnte höchstens noch stammeln: »Hallo, ich bin der Herr Nachbar. Ich bin achtundvierzig Jahre alt und brauche meinen Schlaf.« Womöglich wird mir das Wort »Nachtruhe« über die Lippen kriechen. Und dann das Wort »Polizei«. Alle werden mich anschauen wie einen Blockwart. Der öde Spaßverderber von nebenan. Gut möglich, dass einer der Partyjungs aggressiv auf mich reagiert und sagt: »Was will der alte Wichser?« Ich erwidere: »Der alte Wichser will schlafen.« Eine schöne junge Frau schlägt besänftigend vor: »Feiern Sie doch einfach ein bisschen mit!« Und dann stehe ich da in meinem Schlafanzug und meinen Hausschuhen, die aussehen wie große, filzige Brote, und fühle mich noch älter und kleinkarierter.

Ich schlich zurück in unsere Wohnung. Ein Whisky wird mir guttun, dachte ich. Beim Trinken hatte ich dann eine wunderbare Idee: Erst mal abwarten. Und hoffen, dass andere aus dem Haus etwas tun. Unter uns, da wohnt zum Beispiel die Familie Wagner. Und Herr Wagner, schon Mitte fünfzig, beschwert sich ständig. Wahrscheinlich hatte er längst das Handy am Ohr und rief die Polizei.

Go, Wagner, go!

Ich beobachtete den Hof. Trank noch einen zweiten Whisky. Nichts tat sich. Was war los mit Wagner? Was war los mit den anderen? Schliefen die etwa alle?

Ich beschloss, die Polizei anzurufen. Sollen die doch den Job machen. Die sind doch ausgebildet dafür. Die werden doch bezahlt dafür. Durch meine Steuern! Ja, das dachte ich wirklich: meine Steuern. Großer Gott!

Ich griff zum Telefon, wollte 110 wählen, zögerte aber. Ich meine, es ist das eine, bei einer Party zu klingeln und freundlich um ein wenig Rücksichtnahme zu bitten. Etwas ganz anderes aber ist es, die Polizei zu rufen. Da überschreitest du eine Grenze, mein Freund. So jemand wolltest du doch nie werden. Ein Jetzt-rufe-ich-aber-die-Polizei-Typ. Wie hast du solche Menschen früher genannt? Erinnerst du dich? Rentnerhafte Partypetzen! Ganz genau.

Ich rief die Polizei. Ach, scheiß drauf. Ich war so unendlich müde. Ich war mürbe. Ich wollte nur noch, dass es endlich aufhört. BUMM-BUMM-BUMM.

»Abschnitt vier, Sie sprechen mit Wachtmeister Jahnke.«

»Guten Abend! Ich rufe an wegen einer nächtlichen Ruhestörung. Eine Party.«

Stille am Telefon. Atmen. Genervtes Atmen. Gelangweiltes Atmen.

»Wie laut ist es denn?«

»Wie laut? Na ja. Sehr laut.«

»Auf einer Skala von 1 bis 10?«

»Acht würde ich sagen?«

»Sind Sie sicher? Wirklich eine Acht?«

»Was heißt sicher? Lärm ist ja sehr subjektiv.«

»Haben Sie die Fenster geschlossen? Und trotzdem eine Acht, ja?«

»Hören Sie, ich weiß nicht, ob Acht, Sieben oder Neun. Aber es ist sehr laut!«

»Halten Sie mal das Telefon ans geschlossene Fenster.«

Ich hielt mein Handy an die Fensterscheibe, nachts um 2.15 Uhr, und fühlte mich wie ein Idiot.

»Hmm. Könnte eine Acht sein«, sagte Wachmeister Jahnke. »Haben Sie getrunken?«

»Was?!«

»Ob Sie Alkohol getrunken haben?«

»Nein. Also ja. Wenig.«

»Sie wissen es nicht?«

»Doch. Zwei Whisky. Höchstens drei.«

»Sagen Sie bitte mal den Satz ›Der Potsdamer Postkutscher putzt den Potsdamer Postkutschkasten‹.«

»Was? Warum soll ich denn …?!«

»Sie können auch sagen: ›Hinter dichtem Finkendickicht picken dicke Finken tüchtig.‹ Oder: ›Bürsten mit schwarzen Borsten bürsten besser, als Bürsten mit weißen Borsten bürsten.‹ Ist mir völlig egal. Aber ich muss wissen, ob Sie betrunken sind.«

Ich flüsterte ins Telefon: »Hinter dichtem Finkendickicht picken dicke Finken tüchtig.« Meine Frau schaute ins Zimmer, schlaftrunken. »Was ist denn mit dir los? Telefonstreiche mitten in der Nacht? Ich denke, du tust was gegen den Lärm?«

»Ich spreche mit der Polizei!«, zischte ich. Und dann ins Telefon: »Bürsten mit Borsten bürsten borstiger, als borstige Bürsten-Biester borsten. Äh, bürsten.«

»Okay«, sagte Wachtmeister Jahnke. »Lass ich mal gelten. Oder was meint ihr, Kollegen?«

Aus dem Hintergrund war jetzt Gelächter zu hören. Dröhnendes Polizistengelächter. Sie hatten mich verarscht, die Bullen.

»Spaß muss sein, oder?«, sagte Wachtmeister Jahnke. »Ich schicke Ihnen jemanden vorbei, keine Sorge. Kann aber ein bisschen dauern.«

Irgendwann kam die Polizei. Das BUMM-BUMM-BUMM erstarb. Junge Partygäste zogen enttäuscht durch den Hof nach Hause. Mein Werk, dachte ich und trank schnell einen Whisky und gleich noch einen. Dann war alles still, friedlich. Nirgendwo mehr ein Licht. Nur eine achtundvierzig Jahre alte, rentnerhafte Partypetze saß noch immer auf dem Balkon – und fand keine Ruhe.

Fünfzig

Ich werde jetzt oft zu fünfzigsten Geburtstagen eingeladen. Manchmal denke ich, die Welt besteht nur noch aus Fünfzigjährigen, und zufällig bin ich mit allen befreundet.

Vor ein paar Wochen fuhr ich mit meiner Frau zum fünfzigsten Geburtstag ihrer Freundin Heike. Sie hatte immer wieder gesagt: »Ich feiere nicht groß. Vielleicht ein kleiner Umtrunk. Im allerengsten Kreis. Ich möchte diesen Tag einfach nur vergessen!« Jetzt standen wir vor einem Hotel an der Ostsee, das Heike zu großen Teilen gemietet hatte.

Plus Catering.

Plus Band.

Plus DJ.

Plus Feuerwerk um Mitternacht.

Plus Boddenrundfahrt.

Letztere ist, meiner Erfahrung nach, geradezu klassisch für einen fünfzigsten Geburtstag: Der Auftakt in der Natur. Ich saß schon in einem Spreewaldkahn, in einem Heißluftballon und in einem Planwagen, der durch einen mückenumschwirrten Kiefernwald fuhr. Heikes Boddenrundfahrt fand an einem Tag im März statt, bei spürbarem Seegang. Die Gesichter vieler Gäste verloren bald jegliche Farbe, Körper hingen zuckend über der Reling, dazu der eisige Wind, der dankenswerterweise den sauren Geruch des Erbrochenen von Bord trieb. Meine Frau zischte: »Oh Gott, wir werden hier alle sterben!« Ich trank zwei Schnäpse, die »Küstennebel« hießen. Gegen die Übelkeit. Aus der Ferne hörte ich Heike immer wieder rufen: »Ach, ist das herrlich. Was für ein Tag!«

Lange hatten wir überlegt, was wir Heike schenken könnten. Und was wir auf die Geburtstagskarte schreiben. Beziehungsweise: nicht schreiben. Zuerst dachte ich: Humor ist gut! Das gibt diesem bedeutsamen Tag eine leichte, selbstironische Note. Ich schrieb:

»Liebe Heike,
Dein Leib ganz rund,
die Augen müde,
Falten zieren Dein Gesicht,
Doch bleib fröhlich und gelassen.
Denn was hast du nicht?
Gicht!«

Meine Frau sagte: »Sehr hübsch. Wenn du möchtest, dass Heike sich den Strick nimmt. Nur zu!«

Frisch geschlüpfte Fünfzigjährige, erklärte sie mir dann geduldig, vor allem Frauen, seien äußerst empfindsam an diesem Tag. Sie wollen nicht selbstironisch sein. »Sie wollen getröstet und umschmeichelt werden. Sie wollen Lügen hören. Schöne, große, süße Lügen.«

Wir verzichteten dann aufgrund künstlerischer Differenzen auf eine Karte.

Und konzentrierten uns auf das Geschenk. Leider liegt hier das nächste Problem: Er/Sie hat doch schon alles, denkt man verdrossen. Deshalb bekommen die Männer meist sehr alten, teuren Alkohol geschenkt. Zum Beispiel Cognac aus der Zeit der Französischen Revolution oder Whisky aus dem Jahre zehn vor Christus. Stehe ich vor dem Geburtstagstisch eines fünfzigjährigen Freundes, denke ich oft: Mein Gott, wenn er das alles wegsäuft, wird er seinen sechzigsten nicht mehr erleben.

Heikes Geburtstagstisch wirkte sehr viel nüchterner. Ein riesiger Haufen Papier. Das waren die Gutscheine – das typische Frauengeschenk. Gutscheine für Wellness-Anwendungen aller Art. Drei Tage im Moorbad in der Uckermark. Ein Wochenende mit Aromatherapie, Yoga und Shirodhara – der ayurvedische Stirnölguss. Es könnte passieren, dass Heike bald ihre Sachen packt und für ein halbes Jahr in die deutschen Wellness-Bereiche verschwindet.

Gutscheine haben natürlich den großen Vorteil, dass sie fast nie eingelöst werden müssen. Oft vergisst die Jubilarin, dass sie im Besitz des Gutscheins ist. Darauf hoffe ich auch ein bisschen. Nach langen Verhandlungen haben meine Frau und ich uns auf einen Satz geeinigt, der jetzt auf unserem Gutschein steht: »Heike! Was immer du irgendwann irgendwie irgendwo mal tun willst: Wir bezahlen es.«

Der schwierigste Akt ist natürlich die Geburtstagsfeier selbst.

Nach zwei Stunden Boddenrundfahrt gingen wir auf zittrigen Beinen zum Hotel zurück. Es gab Kaffee und Kuchen. Anschließend begannen die Reden und das »Kulturprogramm«, das aus einem zusammengebastelten Video bestand, welches die Highlights aus Heikes Leben zeigte.

Alles tauchte aus der Vergangenheit auf: Schule, Uni, Kinder, Heirat, Urlaube, Freunde – und ich merkte, wie mich das plötzlich sehr berührte. Wir flogen in der Zeit zurück. Ich sah auch meine Frau in dem Video, ich sah mich selbst, jünger und randvoll mit der sorgenfreien Arroganz der Jugend, und dann sah ich, wie alle um mich herum mit den Tränen kämpften. Wir waren eine Herde Alterspubertiere, die für einen Augenblick in warmer Selbstrührung versank. Wir fühlten uns nicht alt. Wir empfanden nur sehr deutlich, dass wir schon recht lange leben.

Passend zur Stimmung legte »DJ Wolli« von der Diskothek »Wollis Hitfabrik« nun Alphaville auf. *Forever Young*. Wolli trug eine Lederweste, war selbst schon Richtung sechzig Jahre unterwegs und hatte einen abgewetzten CD-Koffer dabei. Den ganzen Abend über blieb Wolli musikalisch dem vergangenen Jahrhundert treu. Als eine Gruppe Teenager, Kinder der Alterspubertiere, bei ihm am Pult auftauchte und schüchtern um etwas »von heute« bat, sagte Wolli: »Techno oder so 'ne Scheiße? Zischt ab! Gibt's nicht bei Onkel Wolli!«

Das Schöne an einem fünfzigsten Geburtstag ist ohne Frage, dass längst ausgestorben geglaubte Tanzstile plötzlich wieder auferstehen. Der Discofox. Das Achtziger-Jahre-New-Wave-mit-geschlossenen-Augen-auf-der-Stelle-Wiegen. Der hüpfende Pogo, was für alle Beteiligten nun nicht mehr ganz ungefährlich ist. Oder einfach nur: Haare schütteln.

»Was ist *das* denn? Was machen die Männer da?«, fragten verwirrt die Teenager.

Es lief gerade *Thunderstruck* von AC/DC.

»Das? Oh, sie *headbangen*. Die Haare wild schütteln. Früher …«, sagte ich.

»Haare schütteln? Aber welche Haare denn?«

Ich schaute auf meine kahlköpfigen Freunde. Ich hörte wie die »Headbanger« laut mitsangen: »Thunder!« Sie klangen wie Binnenfischer, die nach »Zander!« riefen.

Ich trank schnell einen Küstennebel und dachte daran, dass wir alle schon zusammen dreißig geworden sind. Später vierzig. Mit fünfzig, und das ist wohl das Problem, steht man irgendwie zwischen den Zeiten. Nicht mehr jung, aber auch noch nicht wirklich alt. Man fühlt sich ein bisschen verloren, hier im Transitbereich des Lebens. Mit zwanzig ist man ein junger Erwachsener. Mit dreißig gründet man vielleicht eine Familie. Mit vierzig baut man Häuser und Karrieren. Und mit fünfzig? Ist man, wenn es gut läuft, »angekommen«. Und dann? Was kommt dann?

Erst mal noch ein Küstennebel. Es ist sicher gut, weniger Alkohol zu trinken, aber es ist dumm, damit ausgerechnet an einem fünfzigsten Geburtstag anzufangen. Außerdem kam ständig jemand und wollte anstoßen. Auf »früher«. Auf »heute«. Auf »dich, du alter Sack«. Auf »die nächsten fünfzig Jahre«.

Plötzlich stand Heike, die Jubilarin, neben mir. Sie sah unglücklich aus.

»Ich muss dich mal was fragen«, sagte sie mit schwerer Zunge. »Findest du mich attraktiv?«

»Ja, natürlich«, sagte ich.

»Sei bitte ehrlich! Bin ich wirklich noch attraktiv? Mit fünfzig ...«, sagte sie.

Ich roch ihre Alkoholfahne.

»Du siehst super aus«, sagte ich.

»Gut. Würdest du mit mir schlafen?«, fragte Heike. »Sei ehrlich!«

»Ich? Also, ich bin ja mit meiner Frau verheiratet, deiner besten Freundin ...«

»Jetzt red dich nicht raus!«, unterbrach sie mich. »Du hast gesagt, ich bin attraktiv. Würdest du mich ficken? Du weißt schon, so richtig: Bam! Bam! Bam!«

Ihre wohlmanikürte rechte Hand schlug dabei dreimal auf den Tisch.

»Ja«, sagte ich leise. Denn es war ihr Geburtstag. Der fünfzigste! Und ich war betrunken. Und, na ja ... die Sache hatte mich auch ein bisschen scharfgemacht. Ich meine: Bam-Bam-Bam!

»Ha! Wusste ich's doch!«, sagte Heike zufrieden, die Melancholie wie weggewischt.

Sie stöckelte schwankend davon. Eine halbe Stunde später kam meine Frau und sagte: »Heike erzählt überall, dass du sie vögeln willst. Arschloch!«

Ich trank schnell noch einen letzten Küstennebel.

Dann stieg ich durch eine Nebelwand in mein Bett. Aus der Ferne hörte ich, wie DJ Wolli einen neuen alten Song auflegte. The Final Countdown.

Boys don't cry

Wir schauten einen Film. Die Kinder und ich. Es ging um eine kleine Antilope, die von ihren Antilopeneltern verlassen wird, weil sie ein verletztes Bein hat. In dem Moment, in dem die Antilopeneltern ihr Junges in der Savanne zurücklassen und die kleine, hinkende Antilope verzweifelt nach ihnen ruft, immer leiser, kraftloser, da spürte ich plötzlich etwas in meinen Augen. Meine Kinder riefen: »Papa heult! Papa heult!« Sofort kam meine Frau ins Zimmer geeilt. »Was ist passiert?«

»Sie wird sterben ...«, sagte ich mit belegter Stimme.

»Wer? Deine Mutter?«

»Die kleine Antilope ...«

Alle schauten mich an wie einen Schwachsinnigen.

»Was hat Papa denn?«, fragte meine Tochter.

Keine Ahnung. Selbst ich wusste ja nicht, was Papa hat. Ich wusste nur: Es fühlte sich seltsam an, verwirrend. Aber nicht unangenehm. Intensiv, irgendwie.

Seit dem Tag der kleinen Antilope ist es, als hätte sich in meinem Körper ein Schalter umgelegt. Und den Tränenkanal geöffnet. Vergangene Woche weinte ich, als eine Freundin mir von ihrer kranken Mutter erzählte. Ich kenne ihre Mutter gar nicht.

Und es war auch nur ein Gallenstein und kein Krebs. Egal, ich weinte. Vorgestern sagten unsere Nachbarn aus dem ersten Stock, dass sie demnächst umziehen werden. Wir hatten eigentlich nie viel Kontakt. Egal, ich weinte. Manchmal reicht es auch schon, wenn ich mir etwas nur vorstelle. Heute Morgen dachte ich plötzlich, dass meine Tochter einen Unfall haben könnte. Ich steigerte mich da richtig rein. Meine Tochter saß neben mir auf dem Sofa, gesund und zufrieden. Egal, ich weinte. Wenn es so weitergeht, werde ich demnächst auch weinen, wenn eine Blume in der Vase welk wird oder die Zugvögel nach Afrika fliegen.

Was ist los mit mir? Ich suchte im Internet, gab die Begriffe: »Männer« und »Weinen« ein. Aber da kam als Ergebnis nur: »Männer weinen nicht.« Ich gab »Männer Mitte vierzig« ein und stieß auf eine Psychologin, die erklärte, der Mann werde in seinen mittleren Jahren weicher und durchlässiger, was vor allem mit den Hormonen zu tun habe. Die Psychologin klassifizierte das sogenannte »Späte Männer-Weinen« als Kompensationsreaktion auf das unterdrückte Weinen in den frühen Männerjahren. Toll, dachte ich, die nächsten Jahre werde ich in meinen Tränen schwimmen.

Meine Frau ist, glaube ich, ein bisschen genervt von meiner neuen Gefühligkeit. Bisher war sie diejenige, die weinte, litt und sich von mir ausgiebig trösten ließ. Früher sagte sie: »Du kannst auch ruhig mal deine Gefühle zeigen.« Heute sagt sie: »Mein Gott, hör auf zu flennen! Du bist schlimmer als ein hysterischer Teenager!« Da musste ich gleich wieder weinen.

Wenn ich ehrlich bin, finde ich es aber auch ganz schön, das Weinen. Anfangs empfand ich Scham, es erschien mir in klischeehafter Weise unmännlich. Ich hatte Angst davor, von meinen Gefühlen überrollt zu werden. Vor dem Kontrollverlust. Mittlerweile weiß ich: Ist doch nicht schlimm. Ruhig mal loslassen. Sich fallenlassen. Spring!

Ach, er ist herrlich, dieser Kontrollverlust. Zuerst das intensive Aufsteigen der Rührung aus der Magenhöhle die Brust hinauf, gefolgt vom rhythmischen Zittern des Kinns und der Unterlippe, das lustvolle, feuchte Jucken in der Nase, welches die sanfte Explosion ankündigt, und dann endlich, endlich das Aufsteigen der Flüssigkeit im Tränenkanal, gefolgt vom befreienden, wohligen Erguss, und ich denke: Ja, ja, ja!

Ich weiß nicht, was die nächsten Jahre noch bringen werden. Aber ich sehe mich gerade auf dem Gipfel meiner Empfindsamkeit. Manchmal, wenn ich alleine zu Hause bin, mache ich es mir im Wohnzimmer gemütlich, mit Kerzen, zwei Boxen Kosmetiktücher und einer Flasche Kirschlikör und schaue *Jenseits von Afrika* oder *Legenden der Leidenschaft*, Filme, die ich früher öde fand. Was war damals nur los mit mir?

Das Genussweinen ist mir ein liebes Hobby geworden. Ich bin ein Tränengourmet. Ein Mann in den mittleren Jahren, der schneller weint als sein Schatten. Und an meinem Geburtstag oder zu Weihnachten zappe ich durchs Fernsehprogramm und hoffe, dass irgendwo eine kleine Antilope von ihren Eltern verlassen wird.

Ein Stückchen frische Hüfte

Sie heißt Franziska Valentin und ist die neue Klassenlehrerin meiner Tochter. Ich sah sie auf dem Elternabend und hatte das Gefühl, dass sie mich die ganze Zeit anschaute.

Eine Woche später schickte sie mir dann eine Mail, die mich aufhorchen ließ. Sie schrieb: »Dieser Elternabend war eine gute Gelegenheit, uns alle einmal besser kennenzulernen. Falls Sie Fragen, Probleme oder Sorgen haben sollten, zögern Sie bitte nicht, mich anzurufen. Ich bin auch außerhalb der Dienstzeit zu erreichen.«

Natürlich darf man da nicht irgendwas hineininterpretieren. Aber: Wenn eine Frau schreibt: *Zögern Sie nicht, mich anzurufen*, dann bedeutet das doch: Hopp-hopp! Ruf mich an! Ich warte! Oder? Und dann auch noch ganz ausdrücklich: *außerhalb der Dienstzeiten*. Quasi privat. Vermutlich abends, wenn Frau Valentin einfach nur noch Franziska ist, eine junge Frau, die auf meinen Anruf hofft.

Ruhig Blut, sagte ich mir. Und ging erst mal kalt duschen. Wie oft sieht man Dinge, nur weil man sie sehen will. Frau Valentin ist attraktiv, Zucker für meine schwachen Augen. Aber sie ist siebenundzwanzig Jahre alt, das hatte ich auf der Schul-

Homepage gelesen. Ich bin über zwanzig Jahre älter. Ein Mann aus dem Pleistozän. Manchmal hilft es, wenn man sich die Dinge ganz klar vor Augen führt und ohne jede Illusion begreift, dass man ein Trottel ist.

Einen Tag später bekam ich wieder eine Mail von ihr. Sie schrieb: »Werte Eltern, in meiner letzten Mail vergaß ich, meine private Handynummer mitzuschicken. Ich freue mich, von Ihnen zu hören ...«

Okay, dachte ich. Eine Frau, die einem fremden Mann unaufgefordert die Handynummer zuspielt ... Selbst ich weiß, was das bedeutet. Es lag nun an mir, verantwortlich zu handeln und nicht mit den Gefühlen einer jungen Frau zu spielen.

Ich rief sie an. Sagte, dass mir der Elternabend hervorragend gefallen habe. Wenn ich sie irgendwie unterstützen könne, dann solle sie nicht zögern, mich anzurufen. Auch außerhalb der Dienstzeit.

Sie sagte, es gebe ein paar handwerkliche Dinge im Klassenraum zu tun.

Ich dachte: Wahnsinn, das gibt's also wirklich? Die alte Geschichte: Muskulöser, ölverschmierter Handwerker trifft verführerische, zu allem bereite Frau?

Ich ging erst mal kalt duschen. Danach war mir klar: Geht's noch? Diese verschwitzte Altherrenphantasie? Da ist eine junge Klassenlehrerin, die meine Tochter unterrichtet und praktische Hilfe braucht. Fertig. Aus. Ende – Gelände. Ich fand diese alten Typen immer peinlich, die sich an die jungen Dinger ranmachen.

Und nur weil es bei Franziska und mir umgekehrt ist, macht es die Sache nicht besser.

Ich beschloss, die Kinder mal wieder zur Schule zu fahren. Meine fünfzehnjährige Tochter wunderte sich, warum ich ihr die Schultasche bis ins Klassenzimmer trug, dabei ist das für mich eine Selbstverständlichkeit. Vor dem Klassenzimmer traf ich sie dann. Franziska sah mir tief in die Augen und sagte: »Ah, ein kräftiger Papa, könnten Sie mir mit der Gardinenstange helfen?«

Natürlich half ich ihr. Beim Befestigen der Gardinenstange streckte Franziska ihre Arme unnötig weit nach oben, wodurch ihre Bluse aus der Hose glitt und ein Teil ihrer Hüfte sichtbar wurde. Dieser Anblick verfehlte seine Wirkung nicht. Was trieb sie für ein Spiel mit mir? Wollte sie mich mit Haut und Haaren? Gleich hier, gleich jetzt?

Ich ließ das Auto stehen und ging zu Fuß nach Hause. Ich brauchte Luft. Klare, kalte Luft! Ich dachte: Was ist los mit dir, Trottel? Ein Stückchen frische Hüfte, und du spielst verrückt wie ein Schäferhund am Fressnapf. Hast du gar keinen Verstand, keine Würde? Ich meine, was hat sie denn, diese Franziska? Sie ist doch nur eines: jung. Aber was heißt »nur«?

Wenn ich ehrlich bin, gibt es kaum etwas, das ich mehr vermisse als die Jugend. Auch sexuell, klar. Aber viel mehr noch fehlt mir die Unbeschwertheit, die Leichtigkeit, die Begeisterung. Es erscheint mir heute seltsam, fast märchenhaft, dass ich vor nicht allzu langer Zeit genauso war: jung. Und manchmal möchte ich mir wie ein Vampir das frische Blut holen, das ich selbst nicht mehr habe. Man nennt das wohl: Altersgeilheit. Unschöne Sache. Sehr verpönt. Berühmte Altersgeile: Silvio Berlusconi, Lothar Matthäus, Boris Becker, Rolf Eden.

Und ich.

Mir war klar, dass ich die Sache mit Franziska beenden musste. Harter Schnitt. Sofort. Es gibt Altersgeile. Und Altersgeile mit Hirn.

Am Abend erreichte mich dann eine Mail. Franziska! Sie schrieb: »Liebe Eltern, für die Klassenfahrt suche ich noch einen Vertreter der Elternschaft, der die Kinder zusammen mit mir betreut.« Ich dachte: So leicht lässt einen der Teufel nicht aus seinen Klauen. Hatte sie meine Zweifel gespürt? Meine Ängste? Wollte sie um mich kämpfen? Gerührt und ein wenig geschmeichelt sagte ich zu.

Wir fuhren in eine Jugendherberge nach Mecklenburg-Vorpommern. Natürlich hätte ich mir für unseren ersten gemeinsamen Urlaub auch etwas Glamouröseres vorstellen können. Venedig, Rom, Las Vegas. Andererseits schätzte ich Franziskas Bescheidenheit, und wenn man frisch verliebt ist, spielt der Ort doch keine Rolle. Auch in Mecklenburg-Vorpommern kann der Himmel voller Geigen hängen.

Wir waren die ganze Zeit zusammen. Badeten im See, spielten Volleyball, gingen Eis essen. Unbeschwerte Tage. Zum Glück waren immer 32 Kinder um uns herum, sonst wäre mir das Ganze zu intim geworden. Apropos Kinder: Gab es denn wirklich keine Zukunft für uns beide? Ist es nicht grenzenlose Selbstüberschätzung, zu glauben, man könnte der Liebe sagen, was sie zu tun oder zu lassen hat? Soll ich am Ende meiner Tage auf dem Sterbebett liegen, und Gott ruft von oben: Feigling, Feigling!?

Ich ging in die Offensive. Altersgeilheit besteht zu zehn Prozent aus Sehnsucht, zu weiteren zehn Prozent aus schmutziger Phantasie. Und zu achtzig Prozent aus Verdrängung der Realität.

Am letzten Abend gab es die Abschlussdisco. Hier lauerte ich auf den ersten langsamen Song. Vielleicht Frankie Goes to Hollywood? Ich würde zu ihr gehen, sie sinkt in meine Arme, ihre Lippen sind feucht und prall wie ein Wildwasser-Schlauchboot. Wir zügeln unsere Lust, wegen der Kinder. Wir tanzen. Kein Wort. Nur Begehren. *The Power of Love.*

Es kam der erste langsame Song. Ich sah Franziska auf der Tanzfläche und ging auf sie zu, nichts als Liebe im Herzen. Da sah ich, wie sich von rechts Herr Fuchs näherte. Von links war Herr Stoltenberg im Anmarsch. Nördlich schoss Herr Minkwitz auf Franziska zu. Hatte ich erwähnt, dass noch drei andere Vertreter der Elternschaft mitgekommen waren?

Zufällig alles Männer.

Fuchs beschleunigte. Ich auch. Minkwitz fuhr die Ellenbogen aus. Stoltenberg fiel zurück. Ich suchte Blickkontakt mit Franziska, aber da hatte Fuchs die Beute schon geschnappt. Ausgerechnet Fuchs, der alte Sack!

Sie tanzten. Ich sah Franziska lachen. Fuchs flüsterte ihr irgendwelche Sachen ins Ohr. Mein Gott, es war so peinlich!

Fuchs hat doch schon locker die fünfzig gerissen. Hat der denn gar keine Hemmungen? Tanzt da wie ein aufgeputschtes Großväterchen mit der blutjungen Lehrerin seiner Tochter. Angewidert wandte ich mich ab. Fuchs, das Schwein.

Noch am selben Abend trennte ich mich von Franziska. Es gibt ja Männer mittleren Alters, die jagen gerne irgendwelchen Phantasien hinterher.

Aber dazu bin ich viel zu sehr Realist.

Oben atmungsaktiv, unten wasserdicht

Eine der großen Fragen in der Alterspubertät lautet: »Kann ich das noch tragen?« Meine Frau steht dann zum Beispiel vor dem Ankleidespiegel im Flur, sie trägt einen kurzen Rock, eine enge Hose oder ein rückenfreies Kleid. Sie betrachtet sich nun mit zweifelndem Blick, dreht sich hin und her, wird bald mutlos, ein klagendes Seufzen ist zu hören, und schon fällt diese Frage aus ihrem schönen Mund. Und sie gibt in diesem kritischen Selbstgespräch einer Frau in den mittleren Jahren auch gleich die Antwort: »Natürlich nicht! Was bilde ich mir ein? Mit diesen traurigen Beinen, diesem aufgeplusterten Po! Lächerlich! Und mein Dekolleté? Müsste man mal bügeln!«

Angelockt vom Geseufze und Geschimpfe eile ich herbei und beginne sofort mit der moralischen Aufbauarbeit. Lobe ihre Beine, die Brust, ihren Po. Schwärme: »Wäre ich ein Rock, ich würde immer nur deinen zeitlosen Super-Po bekleiden wollen.« Oder: »Deine Beine sind für mich ein Beweis dafür, dass Gott wirklich existiert!«

Ich hoffe, meine Frau glaubt mir. Weil ich sie ja wirklich schön finde. Und was wäre das für eine nutzlose Welt, liefen in ihr nicht Damen in Röcken oder rückenfreien Kleidern umher.

Männern scheinen diese altersbedingten Körper-Selbstzweifel weitgehend fremd zu sein. Jedenfalls habe ich von einem Mann noch nie die Frage gehört: »Kann ich das noch tragen?« Schade eigentlich.

Alterspubertierende Herren stecken nicht selten in zu engen Jeans, oben quillt der halbe Bauch raus, hängt über dem Hosenbund wie ein fetter, träger Kater. Na und? Macht man eben den obersten Hosenknopf auf. Zum Luftholen.

Männer sagen auch selbstbewusst: »Ich kleide mich gerne sportlich.« Unabhängig davon, ob sie sportlich sind. Oder jemals waren. Sich sportlich kleiden bedeutet: Teenager-Turnschuhe, Poloshirts mit großflächigen maritimen Aufschriften wie »Ocean Route«, »California Yachtclub« oder irgendwas mit »Adventure« und im Sommer Dreiviertelhosen, aus denen unten haarige Waden wie Stangensellerie herauswachsen.

Andere Männer sind modisch zunehmend orientierungslos. So wie ich. Gehe ich im Kaufhaus in die Abteilung für »Junge Mode«, fühle ich mich plötzlich viel zu alt. Gehe ich in die Abteilung mit »Klassischer Herrenmode«, fühle ich mich für all die braunen, beigen und spermafarbenen Klassiker noch nicht alt genug.

Deshalb lasse ich mich jetzt gerne beraten. Vom qualifizierten Fachpersonal. Vor kurzem wollte ich eine Jeans kaufen, nichts Besonderes. Die junge Verkäuferin empfahl mir dann aber etwas »zurzeit total Angesagtes«: eine Art Jogginghose aus dünnem schwarzem Stoff.

»Und das trägt man heute?«, fragte ich zweifelnd.

»Oh ja«, sagte sie.

Ich probierte die Hose an. Ich fand, sie hing am Hintern, als wohnte ein Mettigel in meiner Hose. Und hat nicht Karl Lagerfeld irgendwann mal gesagt: Wer Jogginghosen trägt, hat die Kontrolle über sein Leben verloren?

»Super!«, sagte die junge Verkäuferin, als ich aus der Kabine trat und klatschte euphorisch in die Hände. »Du kannst das echt tragen. Sieht superlässig aus bei dir!«

Ich sah mich in dieser seltsamen Hose, aber mein Gehirn registrierte nur: Die junge Verkäuferin duzt mich. Mich! Gott, ist das schön! Und sie sagt, ich sähe superlässig aus. Und sie muss es ja wissen, als Fachverkäuferin!

Ich kaufte die Hose. Und die knöchelhohen weißen Gangsterrapper-Sneakers mit den breiten Klettverschlüssen, die mir die Verkäuferin empfahl, gleich dazu. Zu Hause sagte meine Frau, dass ich jetzt untenrum wieder wie sechzehn aussähe. Obenrum aber immer noch wie achtundvierzig.

Aus modischer Verunsicherung und Resignation habe ich schon manchmal daran gedacht, mir diese praktische Outdoorbekleidung zu kaufen. Viele Alterspubertiere machen das: obenrum Outdoorjacke, untenrum Outdoorschuhe. Atmungsaktiv, wasserdicht, unauffällig, raschelnd. Es wirkt immer so, als möchten sie direkt aus der U-Bahn in den Dschungel springen oder mitten in der asphaltierten Innenstadt eine Bergwanderung beginnen.

Auf das Wort »Gore-Tex« reagieren viele Alterspubertiere zunehmend erregt. Die Pupillen weiten sich, die Atmung wird schneller, der Puls rast. So wie früher vielleicht beim Wort »Stringtanga«.

Ich habe diese seltsame Outdoor-Altersmode nie verstanden. Aber in schwachen Momenten denke ich: Kämpfe nicht sinnlos dagegen an! Kauf dir das furchtbare, praktische Zeug!

Meine Frau sagt dann: »Wenn *du* eine Outdoorjacke trägst, trage *ich* auch eine!« Damit hält sie mich in Schach.

Ein Gleichgewicht des Schreckens sozusagen.

Manchmal sehe ich Ü40-Frauen, die im Outdoor-Gewand durch die Innenstadt rascheln. Sie sind schön und fühlen sich wohl, aber ich frage mich immer, wie das wohl sexuell abläuft? Trifft man sich mit einer Ü40-Frau zu einer amourösen Verabredung, nimmt sie vermutlich zuerst ihren Fahrradhelm ab. Dann zieht sie ihre baumrindenfarbene Jack-Wolfskin-Jacke aus. Nach Gesprächen und Alkohol nimmt einen die süße Outdoorjackenfrau gern mit nach Hause. Dort darf man sie weiter ausziehen. Zuerst die klobigen Trekkingschuhe mit Sohlen tief wie Winterreifen. Dann den 300er Fleecepullover. Dann das Softshellsweatshirt mit Teflonverstärkung. Zum Schluss die Funktionsunterwäsche aus Yakwolle. Spätestens beim Anblick von Funktionsunterwäsche wird es dann schwierig. Mit der Erektion.

Vor ein paar Tagen fielen mir die schwarze Jogginghose und die weißen Gangsterrapper-Sneakers wieder in die Hände. Ich brachte die Sachen in die Abstellkammer und steckte sie in eine gutgefüllte große Kiste, die ich »das Endlager« nenne. Es ist der Ort, an dem eine Frage bis in alle Ewigkeit beantwortet ist: Kann ich das noch tragen?

Als wir unter anderem mal einen Dampfgarer kauften

Am Anfang stand ein harmloser Satz. »Lass uns doch mal eine neue Arbeitsplatte für die Küche kaufen«, sagte meine Frau. Wir gingen in einen Laden. Dann in weitere Läden. Dabei bemerkte meine Frau, dass zu einer neuen Arbeitsplatte die alten Küchenstühle nicht mehr passen würden. Also gingen wir auch in Stuhlgeschäfte. Sehr viele Stuhlgeschäfte waren das.

Natürlich ist es so, stellte meine Frau fest, und da hatte sie ja völlig recht, dass im Glanz der neugekauften Küchenstühle die alten Küchenwände plötzlich sehr schäbig wirken. Vergilbt wie eine Bahnhofskneipe. Deshalb ließen wir einen Maler kommen. Für die Küche.

Wenn der Maler nun schon einmal da wäre, sagte meine Frau, und da hatte sie ja völlig recht, könnte er doch auch gleich ein wenig weitermalern. Schließlich würden der alte Flur, das verwohnte Wohnzimmer und unser verrumpeltes Schlafzimmer ja nun extrem abfallen gegen die frisch gestrichene, neubestuhlte Küche …

Seit Wochen ist unsere Wohnung eine riesige Baustelle. Meine Frau sagt, sie habe das »in diesem Ausmaß« überhaupt nicht gewollt. Eins habe eben zum anderen geführt. Eine Verkettung unglücklicher Umstände. Mit fast identischen Worten beschreiben Historiker heute den Ausbruch des Ersten Weltkriegs.

Ein beliebter Satz bei Renovierungen lautet: »Wenn wir schon mal angefangen haben, dann können wir es auch gleich richtig machen.« Ich habe diesen Satz selbst gesagt. Es ist ein dummer, dummer Satz. Mit teuren, teuren Folgen. Uns führte er direkt in die »Küchenwelt« – das größte Küchenstudio der Stadt.

Ich sagte, als wir aus dem Auto stiegen: »Wir machen es kurz, ja? Nur die Arbeitsplatte.«

»Absolut«, versprach meine Frau. Aber ich hörte sie nur noch aus der Ferne. Sie war in die Küchenwelt gestürmt wie ins gelobte Land. Als ich sie wiedersah, stand sie vor einem Entsafter von der Größe eines Rasenmähers. »Ist er nicht wunderschön?«, fragte sie. Der Entsafter war aus blitzendem Edelstahl. Er strahlte dieses unkaputtbar Solide aus, das sagt: »Ich geh mit dir bis ans Ende aller Zeiten, kleine Lady.«

Ich sagte: »Aber wir brauchen keinen Entsafter.«

Meine Frau sagte verträumt: »Wir könnten jeden Tag frischen Saft zusammen trinken. Jeden Tag frischen Saft!«

Ich sagte, das pädagogische Element der Redundanz nutzend: »Wir brauchen eine Arbeitsplatte. Das ist ein Entsafter.«

Meine Frau sagte: »Du würdest bestimmt Gewicht verlieren. Einen frischeren Teint bekommen ...«

»Was stimmt denn nicht mit meinem Teint?«, fragte ich.

»Ich sag doch nur, Saft würde dir guttun«, meinte meine Frau.

Wir kauften den Entsafter.

»Jetzt nur noch schnell die Arbeitsplatte«, sagte ich, bereits etwas ermattet.

»Absolut«, sagte meine Frau.

Die Küchenwelt hatte drei Etagen. Jede so groß wie ein Fußballfeld. Die Küchenstudio-Verkäufer saßen wie Schlümpfe in den künstlichen Küchenecken, manche winkten fröhlich und riefen: »Schauen Sie ruhig mal rein! Hier in der New-Country-Einbauküche ist das Wohlfühlen vorprogrammiert!« Oder: »Na? Lust, die nächste Generation des Dampfgarens zu entdecken?«

Früher wurde Amerika entdeckt. Das Fliegen. Das Grab von Tutanchamun. Wir aber würden die nächste Generation des Dampfgarens entdecken.

»Heike und Daniel haben auch einen Dampfgarer«, sagte meine Frau, als sie vor dem »Steam 8000 Multiboost Kitchenmaster« stand, der die Größe von zwei Rasenmähern hatte. Ihr Blick glitt über den kühlen, kräftigen Edelstahlkörper. In ihren Augen konnte man lesen: Ich will dich! »Heike und Daniel schwärmen ja total. Die essen fast nur noch Gegartes. Man schläft dann auch viel besser. Mit so Gegartem im Bauch. Wenn ich an deinen unruhigen Schlaf denke ...«

»Arbeitsplatte,« stöhnte ich.

»Mein Gott, jetzt sei doch mal ein bisschen flexibel! So macht das überhaupt keinen Spaß mit dir«, sagte meine Frau.

Wir kauften den Dampfgarer.

Dann bat ich, schwer ermattet, um eine kleine Pause. Einen Kaffee, bitte.

»Ich dachte, wir kaufen eine Arbeitsplatte!«, sagte meine Frau.

Da hätte ich sie am liebsten erwürgt.

Neben uns im Küchenstudio-Café saßen andere Paare, und alle waren sie im Vierzig-plus-Alter. Jungen Leuten sind Küchen egal. Alte Leute sagen: Neue Küche? Lohnt nicht mehr. So ist das Küchenstudio vor allem ein Biotop für Alterspubertiere. Hier gehen sie auf die Jagd nach Induktionsherden, Kücheninseln und Edelstahl-Bratpfannen. Vielleicht geht es um Sehnsucht. Man will sich noch einmal neu erfinden, ein weltgewandter Genussmensch werden, der in der mondänen New-Country- Einbauküche aus angewärmten Tassen Espresso trinkt, vier Kilo Möhrchen dampfgart und mit dem achtstrahligen Bunsenbrenner eine perfekte Kruste auf die Crème brûlée lötet, weil man ja heute keinen Vanillepudding mehr isst. Eine neue Küche ist wie ein neues Leben.

Ich blätterte durch einen der Küchenkataloge, die überall auslagen. Aber ich verstand wenig. Herd mit »Pyrolyse«? Ich hoffe, es ist nichts Ansteckendes. Und was ist eine »Kaminesse, EEK E«? Wie sieht ein »Flachlüfter EEK D« aus? Was verbirgt sich hinter der geheimnisvollen »Wandesse, EEK«?

Mir fiel plötzlich ein kleines, klagendes Gedicht ein: »Auf der Kaminesse/gegenüber der Wandesse/saß die Mätresse/zurück von der Erotik-Messe/und zog/das Gesicht getunkt in vornehmste Blässe/eine Fresse«.

Wurde ich verrückt? Der Küchenstudio-Wahnsinn? »Schnell, die Arbeitsplatte!«, sagte ich zu meiner Frau.

»Absolut«, sagte sie.

Am Horizont sah ich die Arbeitsplatten-Abteilung. Nur noch wenige Meter. Dann tauchte wie aus dem Nichts eine Kücheninsel auf. Erbaut aus edlem Holz und Stahl, umspült von einer Brandung aus Madeira-Soßen, gegrillten Fischen, köstlichen Aufläufen, duftenden Kuchen und kühlem Weißwein. Meine Frau stürzte ihr entgegen, ich hinterher.

»Oh Gott!«, rief meine Frau.

»Oh Gott!«, stöhnte ich.

»Von Bulthaup!«, rief meine Frau.

»Wer ist Bulthaup?«, stöhnte ich.

Das alles ist nun drei Wochen her. Wir leben jetzt auf der Kücheninsel. Zusammen mit dem »Steam 8000 Multiboost Kitchenmaster« und einer eigenen Saftproduktion von mehreren Hektolitern täglich. Auch die Wohnung ist fertig renoviert. Alles neu. Bis auf die Arbeitsplatte in der Küche.

Meine Frau sagt, die alte Arbeitsplatte sei doch noch völlig okay.

Wurstpellen-Mann

Als mein Freund Stefan bei einem gemeinsamen Abendessen verkündete, nächstes Jahr laufe er einen Marathon, sagte ich spontan: »Ich auch!«

Vielleicht war es der Alkohol. Aber ich fand die Idee irgendwie gut. Es war eine Herausforderung, und was braucht ein Mann in meinem Alter? Genau.

Meine Frau sagte: »Warum muss es denn gleich ein Marathon sein?«

Gute Frage. Aber ich hörte sie kaum noch, denn ich zog bereits durch die Sportgeschäfte, um mich auszustatten. Ich kaufte Laufschuhe mit verstärkter Sohle und Lunarlon-Dämpfung, eine Laufuhr mit Pulsmesser und GPS, Laufsocken mit Achillessehnenprotektion und eine extrem enganliegende Laufhose mit klimaregulierender CCR-Technologie. Auch wenn ich nicht wusste, warum in meiner Hose ein Klima reguliert werden musste.

Zu Hause zog ich alles an und stellte mich vor den Spiegel. Ich sah einen Marathon-Mann. Ich sah mich durch die Straßen wetzen, leichtfüßig, drahtig. Ich sah mich ins Publikum winken beim Marathon in New York oder Berlin. Ich sah die erstaunten Reporter, die mich fragten: »Das ist eine Weltklasse-Zeit für einen Achtundvierzigjährigen. Und Sie trainieren wirklich erst seit fünf Monaten? Unfassbar!«

»Und? Was denkst du?«, fragte ich meine Frau.

»Du siehst aus wie 'ne Wurst in Wurstpelle«, sagte sie und lachte sich kaputt.

Ich trainierte viermal die Woche auf dem nahen Sportplatz. Ich lief immer im Kreis. Runde für Runde. Ob es regnete oder schneite, ob die Sonne schien oder der Frost biss, ich lief im Kreis.

»Macht das Spaß?«, fragte meine Frau.

»Spaß ist vielleicht nicht das richtige Wort«, sagte ich.

Dann rannte ich knurrig weiter meine Runden. Es war unfassbar öde. Genauso gut hätte ich an Straßenbahnschienen lecken können. Oft habe ich gehört, dass beim Laufen irgendwann Glückshormone ausgeschüttet werden, aber dieses Irgendwann habe ich nie erreicht. Wahrscheinlich ist es ein ähnlicher Mythos wie der vom Leben nach dem Tod.

Abends las ich im Buch des berühmten Schriftstellers Haruki Murakami »Wovon ich rede, wenn ich vom Laufen rede«. Ich versprach mir Inspiration und Aufmunterung. Murakami läuft seit Jahren Marathon, aber er schrieb im Grunde auch nur, dass Laufen unfassbar öde sei. Es gehe um Selbstüberwindung und Durchhalten und sonst gar nichts.

Ich lief weiter meine Runden. Zusammen mit all den anderen Alterspubertieren. Ich erkannte sie am verbissenen Gesichtsausdruck, der übertriebenen Ausstattung und der Langsamkeit.

Wir wurden überrundet von jungen Burschen mit irgendwelchen alten Latschen an den Füßen, während wir in unserem teuren Wurstpellen-Equipment atmungsaktiv dahinkrochen und auf unsere blinkenden Pulsuhren starrten. Irgendwann zog ein Mädchen an mir vorbei, vielleicht zwölf Jahre alt, es lief barfuß. Ich hasste sie augenblicklich, nahm stampfend die Verfolgung auf, überholte sie sogar. So leicht ist Big Daddy nicht zu schlagen! Eine Runde später brach ich zusammen.

Noch am selben Tag verkündete ich meinen Rücktritt von der Marathonkarriere. Offiziell wegen: Überlastung der Kniegelenke.

»Du könntest doch Yoga machen«, sagte meine Frau. »Oder irgendwas Altersgerechtes.«

Aber genau das ist es ja: Ich will nichts Altersgerechtes machen. Zum ersten Mal in meinem Leben spüre ich sehr deutlich, dass der körperliche Zenit überschritten ist. Ich werde nie mehr besser, schneller, konditionsstärker sein. Dieses unangenehme Gefühl von Endlichkeit lässt sich, wenn überhaupt, nur mit immer neuen sportlichen Ambitionen vergessen.

Nach meiner Marathonkarriere widmete ich mich wieder verstärkt dem Fußball. Seit vielen Jahren spiele ich in einer Mannschaft. Achte Liga. Oder neunte? Jedenfalls: ganz unten.

Wir fanden zusammen, da waren wir alle Anfang zwanzig. Mittlerweile spielen wir in der Altersklasse »Alte Herren« für Spieler über vierzig. Fragt mich jemand, wo ich Fußball spiele, nuschle ich, und es klingt wie »... Herren«.

Die Alten Herren sind für einen Fußballer so eine Art Seniorenheim. Langfristig womöglich auch ein Sterbehospiz. Alte Herren, das heißt: Bäuche wie Waschmaschinentrommeln, in der Kabine strenger Mobilat-Salbengeruch und den Ball immer schön in den Fuß spielen. Mit Eintritt in die Alten Herren stirbt der Steilpass quasi aus. Steilpässe sind was für die Jungen. Wir spielen »mit Auge«, wobei auch die Sehkraft schon mal besser war.

Manchmal stehe ich an einem nasskalten Samstagmorgen im November auf irgendeinem Fußballplatz der Stadt und frage mich, was ich hier eigentlich noch mache. Aber dann dreht sich unverhofft ein Freistoß, begünstigt durch einen gnädigen Windstoß, in den Torwinkel, und ich fühle mich eine Woche lang wie Diego Maradona.

Mein Hausarzt schüttelt jedes Mal den Kopf, wenn ich wieder mit geschwollenen Knöcheln oder einem zerfledderten Meniskus bei ihm auftauche und sage: Das ist beim Fußball passiert. Er hat mir Pilates und Nordic Walking empfohlen – altersgerechter Sport. Aber ich möchte nicht mit Skistöcken durch den Wald rennen. Noch nicht, Doc.

Zum Wesenskern des Alterspubertiers gehört das Aufbäumen. Und nichts ist in diesen Jahren so unwichtig wie: Vernunft, Logik oder Angemessenheit.

Vor ein paar Monaten habe ich mir dann ein Rennrad gekauft. Es hat ungefähr zweitausend Gänge und ist leicht wie ein Schälchen Erdbeeren. Ich kaufte mir auch jede Menge Rennfahrerequipment, wobei ich feststellte, dass mir das Einkaufen eigentlich am besten gefällt, wenn ich mal wieder einen neuen Sport versuche. Es liegt so viel schöne Euphorie in diesen ersten Momenten, es gibt so viele Träume.

Leider ist das Rennfahreroutfit noch enger, ja geschlechtsbetonter, als das Läuferequipment. Man fährt quasi in einem buntbedruckten zweiteiligen Kondom herum, und auf dem Kopf thront wie ein Vogelhäuschen der Fahrradhelm.

Der Vorteil des Zusammenschnürens ist natürlich: Das Fett wird zusammengehalten. Mir gefällt auch das großzügig in die Rennfahrerhose eingearbeitete Sitzpolster, das im männlichen Frontbereich eine hübsche Ausbuchtung wachsen lässt.

Zu Hause verkündete ich dann meinen großen Plan: Ich fahre von Berlin nach Kopenhagen. »Warum denn gleich bis nach Kopenhagen?«, fragte meine Frau. »Fahr doch erst mal ein bisschen in der Stadt. Oder zum Bäcker.« Lächerlich, dachte ich. Mit Anfang dreißig kann man seine sportliche Restlaufzeit noch damit vertrödeln, ein bisschen in der Stadt herumzufahren. Mit achtundvierzig aber muss man nach den Sternen greifen. Denn: Die körperliche Leistungsfähigkeit mag ja abnehmen in der Alterspubertät. Dafür nimmt die männliche Selbstüberschätzung zu.

Ich fuhr los. Kurz hinter Berlin war klar, dass ich Kopenhagen nie erreichen würde. Mein Hintern glühte auf dem harten Rennradsattel. Ich schmierte mich großflächig mit Vaseline ein und dachte, dass mit »Würde des Alters« sicher etwas anderes gemeint ist. Mit eingefettetem Gesäß schaffte ich es noch bis in eine Kleinstadt in Mecklenburg. Dort stieg ich in einen Zug, der mich nach Rostock brachte, wo ich einen weiteren Zug nach Warnemünde nahm. Wenigstens bis an die Ostsee wollte ich es schaffen.

Ich verbrachte zwei Tage in einem Hotel und bestrich meinen Hintern wie ein Marmeladenbrot dick mit Wundsalbe.

Meine Frau rief an: »Wie läuft's?«

Ich sagte: »Großartig. Ich bin schon in Dänemark. Ein tolles Land!«

Später ging ich am Strand von Warnemünde spazieren und sah dort etwas von großer Faszination: Mittelalte, rundliche Männer, in Neopren-Anzüge gezwängt, hingen mit den Armen an einem kleinen Segel, mit den Füßen standen sie auf einem Surfbrett – so zischten sie über die Ostsee. Es war ein echtes Naturschauspiel, und mir war klar, dass ich hier meinen nächsten Sport gefunden hatte: Kitesurfen! Ich meine, es war einfach folgerichtig: erst laufen, dann Rad fahren, dann ins Wasser. Triathlon sozusagen.

Später fiel mir auf: Viele der rundlichen Männer zischten gar nicht über die Ostsee. Sondern lagen zappelnd im Wasser wie die Überlebenden einer Schiffskatastrophe und versuchten wieder und wieder, das Surfbrett zu erklimmen. Also doch lieber was anderes? Kickboxen, Trick-Ski, Paragliding, Unterwasserhockey?

Ach, ist doch völlig egal, dachte ich, als ich im Kitesurf-Laden stand und mir für gut zweitausend Euro einen High-End-Kite mit

»sehr steifem Strut-Gerüst und äußerst straffem Flugtuch« kaufte.

Hauptsache, es geht weiter.

Immer weiter.

Schlafen und träumen

Wenn ich am späten Abend aus unserem Badezimmer das Sirren einer elektrischen Zahnbürste höre, dann weiß ich: Der Countdown läuft.

In vier Minuten hat meine Frau ihre Zähne geputzt. In sechs Minuten hat sie die Nachtcreme auf ihre Porzellanhaut getupft. In sieben Minuten ihr goldenes Haar gekämmt. In acht Minuten liegt sie im Bett. Sie wird dann noch fünf Minuten lesen, bevor sie mit ersterbender Stimme haucht: »Jetzt aber schnell das Licht aus!«

Mein Rhythmus ist ein völlig anderer. Ich brauche abends viel Zeit, trödle im Bad herum, schneide vielleicht meine Fußnägel, und bin ich dann im Bett angekommen, lese ich gerne noch ein halbes Stündchen oder länger, bis meine Augen von ganz alleine zufallen.

Ich darf aber nicht lesen, nachdem meine Frau das Licht ausgemacht hat. Noch nicht mal mit meiner kleinen Taschenlampe. Auch dieses schummrige Restlicht stört sie. Habe ich erwähnt, dass sie eine doppelt beschichtete Schlafmaske trägt? Dahinter ist es so dunkel wie in der Tiefsee. »Aber ich spüre doch, wenn du das Licht anhast!«, sagt sie.

Umblättern darf ich beim Lesen auch nicht. Umblättern ist verboten. Wegen des »unerträglichen Geraschels«. Ohne Licht und ohne Umblättern – das macht die Lektüre nicht gerade zum Genuss.

Ich liege im Dunkeln. Wach. Ich denke daran, schnell einzuschlafen. Das macht mich leider noch wacher. Auf dem Rücken kann ich am besten einschlafen. Darf ich aber nicht. Ist auch verboten. Ich schnarche, wenn ich auf dem Rücken liege. Deshalb verstopft meine Frau »für den Fall der Fälle« ihre Ohren jede Nacht mit gelben Schaumstoffstöpseln.

Weil dies ihre Ohren wund macht, wie sie klagend sagt, kaufte ich mir vor ein paar Monaten im Internet den »Super Sleepy«. Das ist eine Nasenklammer aus Naturlatex. Allerdings verschwand mein Schnarchen dadurch nicht, weshalb meine Frau weitere Maßnahmen von mir forderte. Ich sah mir im Fachhandel das »Super Sleepy-Sorglos-Paket« an, in dem ein flexibler Gaumenstrecker, ein Kinnknebel und die »Schlafhaube Hypnos« enthalten sind. Ich fand nur, das klang alles sehr nach aktiver Sterbehilfe. Weniger nach Problemlösung. Und wie würde ich aussehen, wenn ich das Schlafzimmer betrete mit Kinnknebel und Gaumenstrecker?

Also blieb es beim Rückenliegeverbot. Sobald das Licht ausgeht, muss ich mich blitzartig in die rechtsseitige Embryonalstellung begeben. Oder die linksseitige. So habe ich still zu verharren. Stundenlang.

Habe ich erwähnt, dass auch das Umdrehen verboten ist?

Meine Frau spürt ja alles. Manchmal fällt in der Nähe der Ostsee ein Baum um, und meine Frau fährt aus dem Schlaf hoch, weil sie die vierhundert Kilometer entfernte Erschütterung über den Lattenrost spürt.

Ich liege im Dunkeln. Wach. In rechtsseitiger Embryonalstellung verharrend. Helfen würde mir jetzt ein Stadtgemurmel, das mich schläfrig macht. Dazu schöne, kühle Nachtluft, die in so manchen Schlafzimmern durchs offene Fenster strömt. Bei uns nicht. Die Fenster sind verrammelt und abgedunkelt wie die Isolationszellen in Guantanamo.

Denn meine Frau hat auch ein Temperaturproblem. Zum Einschlafen braucht sie sehr viel Wärme. Deshalb trägt sie Wollstrümpfe und auf ihrer Daunendecke liegt noch eine zweite Decke. Später, beim Eintauchen in die Tiefschlafphase, ist ihr dann aber wieder zu warm. Mit einer jähen Bewegung wirft sie nun wieder alles ab. Wollstrümpfe, Decken. Habe ich erwähnt, dass sie nie fragt, ob *mich* das vielleicht stören könnte?

Als ich meine Frau kennenlernte, lebte ich in einem winzigen Studentenzimmer, in dem ein Bett stand, das sogar für mich allein zu schmal war. Ein Jahr lang schliefen wir zusammen in diesem Bett, ohne uns im Geringsten zu stören. Irgendwann kauften wir unser Ehebett, 1,80 Meter breit. Anfangs erschien es mir ähnlich weitläufig wie der Kruger Nationalpark. Ich lag rechts, meine Frau lag links, interessanterweise haben wir diese Seitenwahl nie wieder verändert. Einmal fragte ich meine Frau, ob ich mal auf ihrer Seite schlafen dürfe. Sie sah mich an wie einen Irren. Später kamen dann morgens immer die Kinder zu uns ins Bett gekrabbelt, wir spielten Räuberhöhle, es gab Kissenschlachten. Heute sind wir zwei schlafgestörte Alterspubertiere, liegen auf unserer riesigen Latex-Matratze und träumen von einer Nacht, in der wir uns nicht auf die Nerven gehen.

Vor ein paar Wochen kamen wir dann an einem Bettenladen vorbei. Wir wollten eigentlich nur mal gucken, dann kam dieser Verkäufer auf uns zu, wir begannen zu plaudern, und irgendwann sagte der Verkäufer: »Wie wäre es mit getrennten Lattenrosten?« Meine Frau sagte: »Also, ich weiß nicht.« Ich sagte: »Klingt irgendwie seltsam.« Meine Frau sagte: »Andererseits könntest du dich dann umdrehen, so oft du willst.« Ich sagte: »Na, wenn du das so siehst.«

Der Verkäufer sagte, noch besser seien natürlich getrennte Matratzen. »Ausgeschlossen!«, rief meine Frau. »Seit zwanzig Jahren teilen wir uns eine Matratze!«, rief ich. Der Verkäufer erklärte, ein Ehebett funktioniere ähnlich wie eine Hängebrücke. Die Schwingungen würden sich vor allem über den Rahmen übertragen. Deshalb wären zwei Bettgestelle eigentlich die optimale Lösung.

»Zwei Bettgestelle heißt zwei getrennte Betten!«, rief meine Frau.

»Da ist bei mir die rote Linie überschritten!«, rief ich.

Nun ja, erklärte der Verkäufer, das Ganze sei am Ende eine Auslegungssache. Man könnte ja die beiden Betten so dicht aneinanderstellen, dass sie wie ein Bett aussehen. »Wir sprechen hier von drei Millimetern Spaltbreite«, sagte der Verkäufer. Ich überlegte. »Drei Millimeter«, sagte ich, »das ist ja nun keine wirkliche Trennung.« Meine Frau nickte. »Wenn man die Tagesdecke darüberlegt, sieht das kein Mensch.« Außerdem sei es auch für später praktisch, sagte der Verkäufer, »wenn Sie mal zwei Betten in zwei Zimmern brauchen«. Meine Frau schüttelte energisch den Kopf. »Das ist nun wirklich überhaupt kein Thema für uns!«, sagte sie.

Auf dem Nachhauseweg dachte ich an die beiden Kinderzimmer, die ja bald frei werden. Hoffentlich. In eines der Zimmer, so träumte ich, die verlockende Stimme des Verkäufers im Ohr, könnte man ein Gästebett stellen. So ein Gästezimmer ist doch praktisch, wenn man Besuch bekommt. Und wenn man keinen Besuch kommt, dann bin ich ja noch da.

Und bleibe gerne auch etwas länger.

Im leeren Nest

Ein Freund bekam überraschend eine Katzenhaarallergie und fragte, ob wir seinen kleinen Kater bei uns aufnehmen könnten. Es ging quasi um eine Adoption.

Meine Frau war dafür. Ich war total dagegen. Meine Gründe waren: Katzen verlieren Haare, sie kratzen alles kaputt, Katzenfutter stinkt, ein Katzenklo stinkt noch viel mehr, Katzenfürze können tödlich sein. Außerdem sind Katzen hochnäsig und falsch. Sie schnurren um dich herum, wenn sie Hunger haben, ansonsten bist du ihnen egal. Und wenn du dich gerade ein bisschen an sie gewöhnt hast, laufen sie in ein Auto und sind tot.

Meine Frau, die ein großes Herz hat, schlug vor, es wenigstens zu versuchen. Sie sagte: »Eine Woche nur. Wenn du den kleinen Kater dann nicht magst, geben wir ihn zurück.« Ich sagte: »Okay. Eine Woche.«

Der kleine Kater heißt Bruno, genau wie mein Großvater, was ich sehr verwirrend finde. Man stellt seinem Großvater schließlich kein Katzenfutter hin oder streichelt ihm den Bauch oder ruft: Komm her, meine kleine Muschi!

Am ersten Abend sprang Bruno auf meinen Schoß, rollte sich auf den Rücken, streckte alle Pfoten von sich und schnurrte.

Ich dachte: Freundchen, so einfach lasse ich mich nicht manipulieren. Dabei bemerkte ich, wie meine Hand plötzlich Brunos Fell streichelte. Nun ja, unangenehm war es nicht, dieses Fell.

Die folgenden Tage wich Bruno mir nicht von der Seite. Saß ich an meinem Schreibtisch, dann setzte er sich dazu, legte ich mich aufs Sofa, legte er sich daneben. Sein Schnurren und Brummen entspannte mich.

»Ihr seid ja ein richtiges Paar geworden«, sagte meine Frau, als sie uns auf dem Sofa liegen sah. »Ich versuche nur freundlich zu sein«, sagte ich. »Dieses Tier ist eine Woche bei uns, warum soll man da nicht freundlich sein?«

Brunos Lieblingsspielzeug ist eine kleine rote Erdbeere aus Wolle. Wenn meine Frau morgens zur Arbeit geht, spielen wir immer noch ein bisschen. Ich werfe die Erdbeere in die Luft, Bruno springt hinterher. Die Stunden vergehen wie im Flug. Ich wusste gar nicht, wie schlau Katzen sind, wie genau sie beobachten, wie schnell sie lernen. Wobei ich nicht sicher bin, ob alle Katzen so schlau wie Bruno sind. Es könnte sein, dass er hochbegabt ist.

Fünfmal täglich leere ich das Katzenklo. Meine Frau findet das übertrieben, aber wenn man Besuch hat, dann soll sich der Besuch doch auch ein bisschen wohl fühlen, oder? Das ist eine Sache der Höflichkeit, finde ich. Nicht mehr, nicht weniger. Also hocke ich auf allen vieren mit einem Sieb vor dem Katzenklo. Mit dem Sieb fische ich die Kotmurmeln und den durch die Katzenstreu verklumpten Urin heraus. Meine Frau sagt, die große

Hingabe, mit der ich vor der Pullerkiste hocke, um Exkremente zu sieben, als wäre ich ein Goldsucher am Rio Grande auf der Jagd nach Nuggets – das finde sie berührend. »Am liebsten würdest du selbst im Katzenklo sitzen«, sagt sie und lacht sich kaputt.

Bruno hat oft Hunger. Schaut er mich hungrig an, wird mein Herz weich wie eine Geleebanane, und ich gebe ihm zu essen. Ungefähr zehnmal täglich. »Nach der Woche sieht er aus wie eine Mastgans«, sagt meine Frau. Aber sein Mauzen ist so klagend, da liegt der Hunger der ganzen Welt drin. Natürlich nehme ich nicht das Katzenfutter aus dem Supermarkt, ich koche für Bruno. Er ist unser Gast. Ich koche für ihn einfache, wohlschmeckende Kater-Gerichte, nichts Übertriebenes. Mal ein Thunfisch-Risotto oder Stubenküken à la Bouillabaisse. Oder Forelle Müllerin Art.

Meine Frau, das muss ich leider sagen, verhält sich komisch in letzter Zeit. Irgendwie distanziert. Gestern telefonierte sie mit einer Freundin. Es ging um mich. Meine Frau flüsterte ins Telefon: »Ja, er benimmt sich total seltsam. Morgens lief er im Bademantel durch den Garten und rief: ›Ja, wo ist denn meine kleine Muschi?! Ja, wo ist sie denn?!‹« Meine Frau flüsterte: »Ich habe gebetet, dass die Nachbarn nichts bemerken. Sonst wählen die sofort die 110 und sagen: ›Hören Sie, Herr Wachtmeister, bei uns irrt ein leichtbekleideter Herr durch die Gegend und ruft nach Muschis!‹«

Als die Probewoche vorbei war, fragte meine Frau, ob ich

Bruno denn nun wieder zurückgeben wolle. Ich rief: »Wenn Bruno geht, dann gehe ich auch!« Sicherlich habe ich da ein wenig überreagiert, aber es stimmt einfach nicht, wenn meine Frau sagt, ich hätte Tränen in den Augen gehabt, genau wie vor ein paar Monaten, als wir Mascha, unsere Tochter, zum Flughafen brachten, die jetzt für ein Jahr in Amerika zur Schule geht.

Am Abend, wir lagen im Bett, sagte meine Frau mitfühlend, sie mache sich Sorgen um mich. Diese mittleren Jahre seien nicht einfach für Eltern. Die Kinder sind groß, man wird als Paar wieder auf sich selbst zurückgeworfen, und plötzlich entsteht so ein Leeres-Nest-Gefühl. »Manche Eltern versuchen dieses Leere-Nest-Gefühl mit einem Tier zu kompensieren«, sagte meine Frau und schaute mich an.

Ich drückte Bruno, der unter meiner Decke lag, fest an mich. Bruno miaute, meine Frau erschrak. »Was macht der Kater bei uns im Bett?«, rief sie. »Er fürchtet sich in der Dunkelheit«, sagte ich. »Keine Angst«, redete ich beruhigend auf Bruno ein. »Der Vati ist ja bei dir. Jaaa, der Vati ist bei seiner Muschi!«

Ich möchte ehrlich sein: Manchmal ist es jetzt recht still bei uns zu Hause. Unser Sohn Tim ist mit seinen Kumpels unterwegs und kommt nur noch nach Hause, wenn er Hunger hat oder Geld braucht. Er ist weniger ein Sohn, eher ein Hotelgast. Mascha sehe ich nur noch auf dem Bildschirm des Laptops, wenn wir skypen und zum Abschied mit schwerem Herzen in die Kamera winken. Seit sechzehn Jahren leben wir zusammen, sind wir eine Familie, und ich habe mich an die Unordnung, den

Krach, das hysterische Lachen und die Teenagergespräche gewöhnt. Mir war klar, dass das irgendwann enden wird. Aber so schnell? Wo sind all die Jahre hin?

Gleichzeitig, und auch das gehört zur Wahrheit, brauche ich natürlich kein Tier, um irgendein emotionales Loch zu stopfen! Meine Frau sollte aufhören zu psychologisieren, denn ganz offensichtlich ist sie neidisch auf die Beziehung, die ich zu Bruno habe. Die Vater-Sohn-Geschichte, die uns auszeichnet, ist geprägt von großer Liebe und gegenseitigem Respekt. Ich merke es an der Art, wie Bruno meine Hand schleckt, und er merkt es sicher auch daran, wie ich seine Pfote schlecke.

Vor ein paar Wochen ging ich mit Bruno zum ersten Mal auf die Straße. Er soll lernen, sich im Straßenverkehr zurechtzufinden. Ich leinte Bruno an, die Großstadt ist ein Dschungel, da kann man sich als kleiner Kater schnell verlaufen. Bruno gefiel es im Freien, er rannte sofort los. Ich rannte hinterher. Dann wollte Bruno auf einen Baum klettern. Ich sagte: »Muschi, das ist zu gefährlich!« Aber Bruno lief schon am Baumstamm hoch, zerrte an der Leine. Also stieg ich hinterher, was nicht einfach war, denn ich bin achtundvierzig Jahre alt, kurzsichtig und hangle mich sonst weder privat noch beruflich an einer Eiche durchs Geäst. Schließlich saßen wir beide im Baum: Kater und Vater. Von unten schauten Fußgänger zu uns hoch. Leute fotografierten. Wahrscheinlich war ich längst auf Facebook und YouTube zu sehen. Der Katzen-Trottel. Ich rief: »Alles prima hier oben! Wir machen ... nur einen Ausflug.« Andererseits, dachte ich zufrieden, sind es doch genau diese Erlebnisse, die das Band zwischen Vater und Sohn stärker machen.

Heute, im Rückblick, muss ich sagen: leider nicht. Oft stehe ich jetzt in der Küche, koche ein Thunfisch-Risotto oder ein Hühner-Frikassee mit Spargelspitzen für Bruno, aber an seinem gelangweilten Blick kann ich sehen, dass er längt anderswo gegessen hat. Bei Fremden. Bei irgendwelchen Dosenöffnern. Er geht und kommt, wann er will, treibt sich in der Nachbarschaft rum. Zurzeit verbringt er seine Tage gern mit einer älteren Katze aus der Gegend, kein guter Einfluss, und sexuell geht alles viel zu schnell, finde ich. Aber wenn ich Bruno darauf anspreche, dreht er mir nur seinen behaarten Katerarsch zu, und jeder kann sich denken, was das bedeutet. Nach Hause kommt Bruno eigentlich nur noch, um das Katzenklo zu füllen.

Das sind die Momente, in denen ich davon träume, dass bald wieder jemand vor unserer Tür steht. Ein verzweifelter Freund mit einem kleinen Hund und einer Hundehaar-Allergie.

Kleine Hafenrundfahrt

Es gibt historische Wendepunkte im Leben eines Mannes. Der erste Kassettenrekorder, der erste Kuss, der erste Sex – und die erste Prostata-Vorsorge-Untersuchung. Bis vor kurzem wusste ich so gut wie nichts über meine Prostata. Ich habe mich nie gefragt, was sie so macht, wie es ihr geht. Ehrlich gesagt, war mir nicht mal klar, wo sie sich genau befindet.

Nun, das ist jetzt anders.

Die erste Prostata-Vorsorge-Untersuchung wird mit Beginn des 45. Lebensjahres fällig, was zeitlich exakt mit dem Beginn der Alterspubertät zusammenfällt. Als ich das Wartezimmer der urologischen Praxis betrat, sah ich erst mal: viele alte Männer. Sie musterten mich mit erloschenen Augen. »Aha, ein Neuer«, schienen ihre Blicke zu sagen. »Willkommen bei den Prostata-Brothers!« In anderen Arztpraxen, beim Orthopäden, beim Allgemeinmediziner, sogar beim Zahnarzt, wird oft versucht, den Patienten durch eine sensible Innenraumdekoration wie Alpenposter, Fotografien von Sonnenuntergängen oder Miró-Drucken das Unangenehme der Situation vergessen zu lassen.

Hier nicht. An den Wänden hingen Plakate, auf denen weißhaarige Männer in Schlafanzügen gequält ins Nichts schauen.

Darunter stand: Blasenschwäche? Erektionsprobleme? Harndrang-Überaktivität? Dazu blubberte der Wasserspender. So eine urologische Praxis ist eine Zeitmaschine, innerhalb von Minuten ist man Jahrzehnte älter. Dazu kommt die Angst, ich dachte: Und wenn wirklich was ist? Es wird doch nur vorgesorgt, wenn es auch einen Anlass zur Sorge gibt, logisch, oder? Seit ein paar Tagen hatte ich Schmerzen beim Wasserlassen. Ein Brennen. Bedeutete das was? Das Schöne an der Jugend ist: Man geht zum Arzt, und der streicht einem nur kurz über den Kopf und sagt: »Sie sind doch noch viel zu jung für echte Probleme.« Heute bin ich schon zufrieden, wenn der Arzt nicht irgendwo reinschaut und sagt: »Oh, oh! Wären Sie mal früher gekommen ...«

Dann hörte ich meinen Namen, verbunden mit einer Frage. Die Sprechstundenhilfe rief vom Empfang herüber: »Hatten Sie Geschlechtsverkehr während der vergangenen drei Tage? Oder haben Sie sich selbst befriedigt?«

Die anderen sahen mich interessiert an. Ich schüttelte den Kopf. »Prima, kommen Sie gleich mal mit!« Die Sprechstundenhilfe führte mich in einen kleinen Behandlungsraum. Sie stellte zwei leere Plastikbecher vor mich hin. »Einmal Urin, einmal Sperma, der Herr. Dahinten ist das Klo.«

Ich fragte: »Sperma?«

Sie sagte: »Ja. Womöglich haben Sie eine Prostataentzündung. Oder können Sie nicht?«

Ich sagte: »Doch. Natürlich. Aber ... *hier*? Auf dem Klo? Soll ich jetzt ... sozusagen mich selbst ...«

Sie: »Ja, wer denn sonst?«

Ich nahm die Becher und lief zur Toilette. Es waren überraschend große Becher. Dann saß ich auf dem verdammten Urologen-Klo und versuchte mich zu konzentrieren. Nur worauf eigentlich? Es gab hier nichts, gar nichts, was einen erotischen Impuls aussandte. Es sei denn, man fühlte sich erregt von der kühlen Sinnlichkeit weißer Fliesen oder dem rauen Charme einer Toilettenbürste. Ich dachte darüber nach, welch schlichtes Bild in unserer Gesellschaft offenbar von der Sexualität des Mannes existiert. Er braucht nur ein Becherchen und einen Marschbefehl – und schon ist er spitz wie zehn Matrosen und legt los. Ach, wenn es wenigstens ein paar Heftchen gegeben hätte, ich rede ja gar nicht von explizitem Material. Eine zerlesene Apothekenrundschau, halleluja! Oder eine zerknitterte Brillenwerbung von Fielmann.

Ich schloss die Augen und suchte nach einer Phantasie. Meine Frau? Es kam mir irgendwie falsch vor, meine Frau, die Mutter meiner Kinder, in diese Sache mit reinzuziehen. Ich ging in Gedanken meinen YouPorn-Suchverlauf durch. Schon besser! Ich schwankte zwischen »Horny Milfs« und »Tabulose Asiatinnen«, als durch das angekippte Toilettenfenster der Geruch von Bratkartoffeln hereinzog. Das brachte mich wieder völlig raus. Ich versuchte, mich noch tiefer zu versenken, alles um mich herum zu vergessen, sogar meinen eigenen Namen. Nur eins wollte ich jetzt sein: ein immer bereiter, zuckender Samenstrang! Nebenan telefonierte die Sprechstundenhilfe. »Und ist es gelblicher Ausfluss … ja?«, hörte ich sie sagen. Die Zeit lief davon. Die Uhr tickte. Bald würden andere Becher-Männer an die Tür klopfen und rufen: »Na Meister, wird's noch?«

Aber es wurde nichts. »Ist doch nicht schlimm«, sagte die Sprechstundenhilfe. Aber es klang wie: Gratuliere! Sie sind der Erste seit Gründung dieser Praxis im Jahre 1857, der mit einem leeren Becher ankommt.

Eine halbe Stunde später betrat ich das Behandlungszimmer von Doktor Lenz. Er zog sich einen Gummipräser über den rechten Zeigefinger und sagte: »Na, bereit für die kleine Hafenrundfahrt?« Ich sollte mich auf die Seite legen, die Knie zum Kinn ziehen. Hinter mir hörte ich ein schmatzendes Geräusch. »Ein bisschen Gleitgel, damit das Erkundungsboot besser in die Fahrrinne kommt«, sagte Doktor Lenz, der offenbar ein Faible für maritime Sprachbilder hat. »Und jetzt mal schön entspannen!« Klar, dachte ich, wo könnte ich besser entspannen als auf dieser Arztliege in Embryonalstellung, kurz bevor ein fremder Mann mir seinen haarigen Zeigefinger in den Hintern tunkt.

Ich spürte einen unangenehmen Druck, ein Brennen, vor allem aber hatte ich zum ersten Mal in meinem Leben das Gefühl, nicht mehr der Herr meines Arsches zu sein. Doktor Lenz manövrierte in meinem Hafen herum, als wollte er ihn für Containerschiffe befahrbar machen. Dabei pfiff er ein kleines Liedchen. Wenn ich nur einen Wunsch äußern dürfte, dann vielleicht diesen: Liebe Bundesärztekammer, achte doch bitte bei der Zulassung von Urologen künftig ein kleines bisschen auf die körperlichen Voraussetzungen. Männer, deren Zeigefinger dicker ist als eine handelsübliche Cervelatwurst, sind möglicherweise für diesen Beruf nicht geeignet.

Als ich mit brennendem Hinterteil die urologische Praxis verließ, war mir eine Sache sehr klargeworden: Auch der Mann kann seine Unschuld verlieren. Er hat so eine Art emotionales Jungfernhäutchen, das zerreißt, wenn zum ersten Mal ein kalter Finger ins Zentrum der Männlichkeit pikt. Woran erkennt man ein männliches Alterspubertier? Es zuckt zusammen, wenn ihm jemand den Zeigefinger entgegenstreckt.

Im Körper des Alterspubertiers

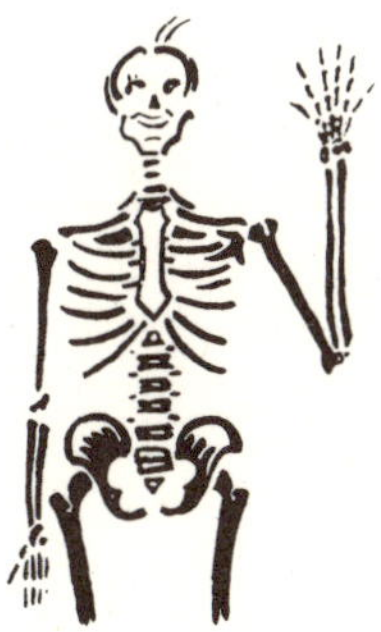

Die Prostata

Um es gleich vorwegzunehmen: Ein besonders sympathisches Organ ist die Prostata nicht. Erst hört man jahrzehntelang gar nichts von ihr, und wenn sie sich dann bemerkbar macht, gibt es gleich Probleme. Bis zum fünfundvierzigsten Lebensjahr lebt die Prostata in der Regel still und zurückgezogen in der schwer zugänglichen Region zwischen Harnblase und Mastdarm. Sie gilt als scheu, nicht besonders kommunikativ und wenig selbstbewusst, was nicht nur mit ihrer verborgenen Lage, sondern auch mit ihrer weitestgehend unbekannten Funktionsweise zu tun hat. Viele Männer fragen: Was hat die Prostata je für mich getan? Damit tun sie der Prostata allerdings großes Unrecht, denn ihre Arbeit ist schwer, wichtig und, unter uns gesagt, nicht besonders glamourös. Sie produziert einen Teil des Spermas, aber eben nicht die edlen, lebensspendenden Spermien, sondern nur so eine Art Beimischung, um die Samenzellen auf ihrer Reise in die Vagina beweglicher und resistenter zu machen.

Seien wir ehrlich, wer hat sich in den Jahren der stolzen Jungmännlichkeit um seine Prostata gekümmert? Wie oft sorgte man sich dagegen liebevoll um die viel kleineren Hoden, nur weil in ihnen die Samenzellen produziert werden, der Blütenstaub des Mannes, der Nektar Virilis. Hinzu kommt, dass die Hoden in chilligen Hängebeuteln untergebracht sind, die der Mann gerne anfasst und kratzt und neuerdings sogar rasiert. Klar, dass die Prostata da irgendwann neidisch wird und den Mann an ihre Existenz erinnert. Sie tut das, indem sie wächst – von der Größe einer Kastanie bis zur Größe von zwei Kastanien. Dabei drückt sie die Harnröhre ab, wodurch der männliche Mittelstrahl mitunter nur noch mit drei Tropfen pro Stunde fließt, was echt nervig ist. Plötzlich wissen die Männer genau, wo die Prostata sitzt, und sie kümmern und sorgen sich, was der Prostata sehr gefällt und sie zuweilen zu weiterem Wachstum anstachelt.

Ihre Art, mit Schrecken und Schmerz auf sich aufmerksam zu machen, erinnert uns an Dschihadisten, die ja zumeist auch aus schwer zugänglichen Gebirgsregionen stammen, seltsam aussehen und von niemandem ernst genommen werden, bis sie irgendwann in den Krieg ziehen. Man könnte die Prostata also auch als »Taliban des Unterbauchs« bezeichnen.

Was man dagegen tun kann? Nun, ganz einfach, schenken Sie Ihrer Prostata möglichst früh die Aufmerksamkeit, die sie verdient. Es ist zum Beispiel möglich, durch Stimulation der Prostata (vorzugsweise mit dem Griff einer Nagelfeile, den man rektal bis zum sogenannten männlichen G-Punkt führt) einen männlichen Orgasmus auszulösen, ohne den Penis zu berühren. Das macht nicht nur die scheue Prostata stolz, sondern eröffnet auch dem Mann neue Horizonte, mit denen man in der abendlichen Skatrunde mit Kollegen ordentlich Eindruck schinden kann.

Das Kopfhaar

In der Familie der menschlichen Haare gilt das Kopfhaar als kleines Sensibelchen. Was haben wir Menschen nicht alles erfunden, um es dem Kopfhaar so nett wie möglich zu machen? Shampoo mit Koffein, Granatapfel-Spülungen, Jojoba- und Kokosöl, Hydratisierungsgel, Holunder-Volumenschaum und ein Kräftigungsbad aus Leindotter- und Marillenextrakt. Und trotzdem verabschiedet sich das Kopfhaar irgendwann, verschwindet grußlos, wie eine beleidigte Patentante.

Auf Männerköpfen verläuft die Flucht in der Regel überstürzter und radikaler als auf Frauenköpfen, was nichts damit zu tun hat, dass Frauen die teureren Shampoos benutzen. Möglicherweise haben Frauen einfach einen besseren Deal mit Gott abgeschlossen, der ihr Haar zwar dünner werden lässt, sie aber in den allermeisten Fällen vor Kahlheit schützt. Oder aber Gott hat bei der Bevorteilung der Frau vor allem an die Männer gedacht, denen es so weitestgehend erspart bleibt, mit kahlköpfigen Frauen leben zu müssen.

Auf jeden Fall beweist Gott mal wieder Ironie, indem er die Männer mit ihren vermeintlichen Trümpfen schlägt. Denn das Haar fällt aus, weil die Haarwurzel plötzlich empfindlich auf das männliche Geschlechtshormon Dihydrotestosteron reagiert. Leider wird dieser Prozess auch davon nicht aufgehalten, dass der Testosteronspiegel insgesamt während der Alterspubertät sinkt.

Aber nicht alle Haare hauen ab. Die Körperhaare zum Beispiel sind nicht so empfindlich und verwöhnt wie die Kopfhaare, hier wirkt das Testosteron sogar eher wie ein Dünger, der den Körperpelz dichter und schneller wachsen lässt. Manche Frauen bekommen auf einmal vermehrt Haare an den Beinen oder einen zarten Schnurrbart. Bei kahlköpfigen Männern sprießen die Haare vor allem in den Ohren, der Nase und auf dem Po, was von vielen als doppelte Ungerechtigkeit empfunden wird, weil die üppigen Zöpfe, die nun aus der Ohrmuschel wuchern, die Dürre auf dem Kopf nur noch dramatischer erscheinen lassen.

Betrachtet man das Alterspubertier als Ganzes, dann wird man feststellen, dass die Haare gar nicht weniger werden, sondern lediglich den Standort wechseln. Es findet so eine Art Globalisierung am eigenen Körper statt, die Haare wandern dorthin, wo sie günstigere Wachstumsbedingungen vorfinden. Makroökonomisch gesehen ist der Po das Rumänien des kahlköpfigen Mannes.

Bleibt die Frage, ob dieser Prozess rückgängig zu machen ist. Oder anders gefragt, welche Anreize könnte es geben, um die Haare wieder auf den Kopf wandern zu lassen? Daran arbeiten Volkswirte und Dermatologen seit Jahrzehnten. Bisher hat man zwei Dinge festgestellt. Erstens: Kopfhaare sind nicht käuflich, sie reagieren weder auf Steuererleichterungen noch auf staatliche Subventionen. Zweitens: Die Gabe weiblicher Hormone führt dazu, dass manche Männer zwar wieder Haare auf dem Kopf bekommen, dafür aber auch wegen der verstärkten Brustbildung einen süßen BH tragen müssen. Trotzdem sollte man nicht den Mut verlieren, vielleicht hat ja Gott noch eine Idee. Irgendwann.

Die Laune

Werden Männer gefragt, was sie an ihren Frauen schätzen, dann sagen sie gerne: Sie ist so sanft. Ausgeglichen. Geduldig. Ein echter Sonnenschein. Diese Charakterzeichnung sollte ein Mann tief im Herzen bewahren, wenn sich seine Frau dem siebenundvierzigsten Geburtstag nähert. Und in all den Jahren, die nun folgen. Es sind explosive Jahre, in denen viele Männer denken: Wer ist dieser brüllende, aggressive, übellaunige Bär, der in unserer Wohnung lebt? Selbst harmlose Fragen wie »Kannst du mir mal das Salz reichen, bitte?« können bei der Frau plötzlich einen emotionalen Ausbruch auslösen. »Bin ich deine verdammte Dienerin, oder was? HIER hast du das Salz!« – und dann fliegt der Salzstreuer durch die Küche. Viele Männer verstecken sich deshalb immer öfter in der Wohnung. Unter dem Bett. In der Toilette. Andere bauen einen Hobbykeller, den sie mit schweren Stahltüren sichern. Dort sitzen sie, essen zitternd Dosenravioli und fragen sich, was da gerade mit ihrer Frau passiert. Ist sie von Dämonen befallen?

Ja, so ähnlich. Im Alter von siebenundvierzig Jahren beginnen bei vielen Frauen die Wechseljahre. Klingt erst mal harmlos, wie Wechselschlüpfer oder Ölwechsel – ist es aber nicht.

Denn im Körper der Frau wird nun die Östrogenproduktion heruntergefahren. Östrogen gehört zu den Geschlechtshormonen. Östrogen macht die Frau quasi zur Frau. In der Pubertät gibt Östrogen den Startbefehl für das Wachstum der Brüste und der Schambehaarung. Östrogen steuert den Zyklus der Frau und hat einen wesentlichen Einfluss auf die Schwangerschaft. Auch auf den Stoffwechsel und die Psyche der Frau wirkt sich Östrogen aus. Kurz gesagt: Östrogen hat fast überall seine Finger im Spiel. Oder besser: hatte. Denn plötzlich, nach all den schönen gemeinsamen Jahren, zieht sich das Hormon einfach grußlos zurück und geht in Frührente.

Die Frauen jedenfalls leiden unter dem Östrogen-Entzug. Die Haut altert; es wächst, wie wir schon gesehen haben, die Körperbehaarung, wo keine sein sollte; man legt an Gewicht zu. Und als wäre dies alles noch nicht schlimm genug, ist man auch noch richtig schlecht drauf: launisch, lustlos, gereizt – bis hin zum Jähzorn. Die Frauen verstehen sich oft selbst nicht mehr und beten zu Gott: Verdammte Scheiße, wann hört das wieder auf?!

Der Mann könnte in dieser schweren Zeit nun eine emotionale Stütze sein, ein Helfer in der Not. Der Gute-Laune-Onkel. Aber es ist wie so oft: Wenn man den Mann wirklich mal braucht, hat er mit sich selbst zu tun. Auch er leidet jetzt nämlich am Hormonentzug – seit dem vierzigsten Lebensjahr sinkt sein Testosteronspiegel. Das macht den Mann gerne mal selbstzweifelnd, weinerlich, melancholisch, zuweilen sogar depressiv. Zur Stimmungsaufhellung jagt er jungen Frauen hinterher.

Medizinisch kann man nicht viel tun. Es gibt Hormontherapien für Frauen und Männer, welche die Entzugserscheinungen lindern sollen. Man kann kiloweise Gemüse essen oder Yoga machen, um das innere Gleichgewicht wiederzufinden. Männern wird empfohlen, sich ein Plakat zu basteln, das sie ihrer Ehefrau entgegenhalten, wenn sie wieder aggressiv-cholerisch um die Ecke geschnauft kommt: »Make love, not war!«

Bald sind die Wechseljahre ja auch wieder vorbei. Na ja, bald ... Nach rund sieben Jahren. Sehr tröstend kann es sein, wenn sich Frau und Mann so lange an den Händen halten und gemeinsam ein berühmtes Wechseljahre-Lied summen: »Über sieben Brücken musst du gehen, sieben dunkle Jahre überstehen ...«

Die Hitzewallungen

In der Pannenstatistik deutscher Frauen steht ein Punkt alljährlich ganz oben auf der Mängelliste: die Klimaanlage. Die deutsche Frau wird werkseitig mit einem eher simplen und daher nicht immer funktionierenden Klimasystem ausgeliefert. Schon im Normalbetrieb ist auffällig, dass es vielen Frauen nicht möglich ist, eine konstante Temperatur im gesamten Körper herzustellen. Oftmals sind Füße und Hände, meistens auch die Nasenspitze, nicht in den Wärmetauschprozess integriert.

Man muss sich die deutsche Frau wie einen Standboiler vorstellen, in dessen Zentrum sich eine Heizspirale befindet. Die erwärmte Flüssigkeit wird mit Hilfe einer Pumpe (Herz) in alle Körperregionen befördert. Da aber viele Frauen ihr Herz anderen Funktionen widmen (unglücklich verliebt sein; sich in andere Menschen, speziell in den Ehepartner, einfühlen; sich für Gerechtigkeit, Frieden und die Kinder verantwortlich fühlen; sich vom Leben oder von der Schwiegermutter benachteiligt sehen; plötzlich das Gefühl haben, die neue Arbeitskollegin sehe viel besser aus; gar nicht mehr das Gefühl haben, vom Partner begehrt zu werden, obwohl der das ständig behauptet ...), bleibt nicht genug Energie für die Wärmeverteilungsfunktion übrig. Das führt dazu, dass das erwärmte Blut nur bis zum Knie oder bis zum Ellenbogen gelangt und dann wieder umkehrt. Im Ergebnis stellen die Sachverständigen bei Frauen immer wieder eiskalte Hände und Füße fest, die mitunter blau anlaufen.

Diese Problematik verschlimmert sich in dem für weibliche Alterspubertiere typischen Klimakterium. Denn nun kann ein weiteres Problem auftreten, verursacht durch einen altersbedingten Östrogenmangel, der das im Gehirn ansässige Klimazentrum verwirrt. Der Ablauf ist folgender: Das Gehirn stellt einen zu niedrigen Östrogenlevel fest, das zuständige Klimazentrum löst Alarm aus, weil ein Mangel dieses weiblichen Sexualhormons normalerweise nur dann vorliegt, wenn der Körper gerade überhitzt ist. Um einen Wärmeschock zu verhindern, gibt das Gehirn den Befehl, die Blutgefäße zu erweitern. Innerhalb von Sekunden schießen mehrere Liter Blut aus dem Inneren des Körpers an die Hautoberfläche, wo eine Abkühlung erfolgen kann. Dieser Wärmeschub macht sich zuerst im Gesicht, dann im Hals- und Brustbereich bemerkbar, bevor er sich wellenförmig über den gesamten Körper ausbreitet. Es kommt zu einer Hautrötung und starker Schweißbildung. Da der Körper real nicht überhitzt ist, folgt auf die eigentlich unnötige Wärmeabgabe ein Fröstelgefühl. Die mittlerweile klatschnasse Frau braucht dringend trockene Klamotten und idealerweise einen verständnisvollen, umsorgenden männlichen Partner. Humor schadet auch nicht.

Wie man sich als kaputte Frau verhalten soll? Entspannen und die Zeit vergehen lassen. Hilft ja nichts. Großer Vorteil: Die grundsätzliche Fehlfunktion der Klimaanlage wird in dieser Lebensphase durch die regelmäßige Übersteuerung verdeckt. Heißt: Hände und Füße sind immer warm. Na bitte.

Das Fett

Während weite Bevölkerungsteile der Alterspubertät eher distanziert gegenüberstehen, gilt sie unter FeministInnen und Gender-BeauftragtInnen als schönste Zeit überhaupt. Denn nie sind Frau und Mann so gleich wie in dieser Lebensphase. Nicht nur, weil der Mann weinerlich wird und Brüstchen bekommt und die Frau auf einmal schwitzt wie ein Fernfahrer im August. Auch die Körperformen gleichen sich an, was mit der Fettverteilung zu tun hat.

Üblicherweise sammeln Männer ihre Fettzellen vor allem am Bauch (Plauze) und in ringförmigen Polstern ober- und unterhalb der Taille (Rettungsringe). Frauen hingegen lagern ihre stillen Reserven vorzugsweise an den Hüften, dem Gesäß und den Oberschenkeln ein. Man spricht daher beim Mann von einer Apfelfigur und bei der Frau von einer Birnenstatur.

Der Mann bleibt seiner Grundform auch während der Alterspubertät treu, wobei sich natürlich die Ausmaße ändern. Die Plauze wächst, die Rettungsringe werden praller, manchmal sind es richtige Rettungsboote. Bei der Frau jedoch ändert sich die komplette Fettverteilung, was vor allem mit dem Östrogenmangel und dem damit verbundenen Überschuss an männlichen Hormonen erklärt wird. Das Ergebnis ist das sogenannte Frauen-Bäuchlein, das aus der Birnenstatur eine Apfelfigur werden lässt. Man kann die Veränderungen übrigens sehr schön am FKK-Strand an der Ostsee beobachten, wenn die Sonne langsam untergeht und die romantischen Alterspubertier-Paare im Profil nur schwer zu unterscheiden sind. In diesen Jahren wird der Begriff Heterosexualität immer theoretischer, weil die Körper eben kaum noch heterogen sind und die Sexualität entsprechend gedämpft praktiziert wird.

Die Fettmengenzunahme, mit der Männer und Frauen zu kämpfen haben, ergibt sich vor allem durch die Muskelmengenabnahme, die eine kaum zu vermeidende Folge des Alterns ist. Der biochemische Zusammenhang ist folgender: Muskeln verbrauchen viel Energie. Schwindet die Muskelmasse, so sinkt auch der Energiebedarf, was bei konstanter Kalorienzufuhr zur Fettbildung führt. Das ursprüngliche Gewicht ist also während der Alterspubertät nur durch eine Diät oder turboartigen Sporteinsatz zu halten. Später, wenn die Körperumbauten abgeschlossen sind und der Stoffwechsel neu eingestellt ist, kann wieder gefahrloser gegessen werden.

Das klingt nun alles nicht sehr verlockend, weshalb eine gute Nachricht nicht unerwähnt bleiben sollte: Die geschlechterübergreifende Fettmengenzunahme schafft auch Gerechtigkeit. Ist das Risiko für Herz-Kreislauf-Erkrankungen vor Beginn der Alterspubertät bei Männern höher als bei Frauen, so ist es jetzt für alle gleich hoch.

Das Gehirn

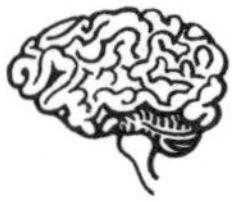

Das Gehirn, so viel steht fest, ist nicht doof. Es nimmt ganz genau zur Kenntnis, dass viele Organe nach rund vierzig Dienstjahren ihren Job etwas lockerer angehen, Pausen einlegen, die Höchstleistung verweigern oder sich auf die Rente vorbereiten. »Und ich soll weiter rackern wie ein Brauereigaul?«, fragt sich das Gehirn und fährt gleich mal den Vollbetrieb etwas runter.

Die Folgen lassen sich zum Beispiel im Supermarkt beobachten: Viele mittelalte Männer irren dort mit Einkaufszetteln durch die Gänge, weil ihr Kurzzeitgedächtnis erlahmt ist. Mündlich erteilte Hinweise (ein Bund Möhren, Brot, Butter, Katzenfutter ...) werden zwar zur Kenntnis genommen, versickern aber im porösen Hirn innerhalb von Minuten. Bei den Frauen ist die Lage oft nicht besser: Sie rufen nach ihren Kindern und bringen plötzlich die Namen durcheinander: Thomas, äh Heike, äh Franziska, ja, DU DA – komm mal her!

Gemeinhin heißt es dann: Nun ja, die kleinen grauen Zellen sterben. Tatsächlich ist eher die »weiße Substanz« das Problem. Dabei handelt es sich um eine Fettschicht im Hirn, Myelinscheide genannt, welche die Nervenzellen umgibt und in den mittleren Jahren zu schrumpfen beginnt. Diese Fettschicht funktioniert ähnlich wie eine Plastikhülse, die Elektrokabel isoliert. Sie ermöglicht die schnelle Übertragung elektrischer Signale im Gehirn. In jungen Jahren regeneriert sich die Fettschicht immer wieder. Später nicht mehr. Die Reaktionszeiten werden langsamer, und irgendwann wirft man einem fünfzigjährigen Menschen einen Ball hin, und ehe der Impuls »Ball!« im Hirn angekommen ist, sind zwei Wochen vergangen.

Es gibt haufenweise wissenschaftliche Theorien darüber, was man nun tun kann, um nicht völlig zu vertrotteln. Gesunde Ernährung soll helfen. Sport soll helfen. Empfohlen wird, das Gehirn immer wieder zu stimulieren, herauszufordern. Mit Sudoku und Rätselheften. Oder man lernt eine neue Sprache oder ein Musikinstrument oder singt im Chor – vor allem Musik soll den Alterungsprozess im Gehirn verlangsamen. Am besten natürlich alles gleichzeitig: Sport, Sudoku, Italienisch lernen und Kontrabass. Aber Vorsicht! Man darf auch nicht zu viel tun. Zum Beispiel nicht zu viel arbeiten. Dreißig Stunden pro Woche halten einige Neurologen für ideal, sobald der Mensch das vierzigste Lebensjahr überschritten hat. Wer mehr arbeitet, schadet dem Gehirn.

Möglicherweise gibt es aber auch einen total schönen und bequemen Weg, um dem Gehirn zu helfen: Kiffen! Forscher haben festgestellt, dass der in Cannabis enthaltene Wirkstoff THC die Gedächtnisleistung alternder Mäuse verbessert. Der Nachweis beim Menschen fehlt bislang. Aber alternde Maus oder alternder Mensch – das sind doch nur Feinheiten. Und hat man die Wahl zwischen Rätselheft und einem Joint ... Aus rechtlichen Gründen empfehlen die Autoren selbstverständlich das Rätselheft.

Falscher Jude versus Springendes Zebra

Ich habe es ja immer gewusst. Seit Monaten. Ach, seit Jahren. Als es dann passierte, traf es mich trotzdem mitten ins Herz.

Ich saß bei Karsten, meinem Friseur, der seinen Laden gleich bei uns um die Ecke hat. Er kämmte ein wenig an mir herum, legte Haare nach links, andere nach rechts, schließlich sagte er: »Ich glaube, es ist so weit.« Ich seufzte leise: »Und man kann wirklich gar nichts mehr tun?« Karsten legte mir die Hand auf die Schulter. »Mein Freund, wo der Hafer nicht steht, kann man nicht ernten.«

Seit zwölf Jahren ist Karsten mein Friseur. Er hat mich als vollbehaarten Mann kennengelernt. Karsten war es, der dann mein erstes graues Haar entdeckte, später den Beginn der Mönchsplatte und noch viel später die Napoleonschläfen. Stets sagte er: »Ach lass mal, uns wird schon was einfallen.« Karsten gab mir Sicherheit und Frieden. Er war mehr als nur mein Friseur. Er war mein Vertrauter, ein Mann der Hoffnung.

»Du hast doch bestimmt schon eine Idee?«, fragte ich. Karsten zögerte. Druckste herum, murmelte, man müsse zunächst eine Schadensaufnahme machen. Heute weiß ich, dass diese Art der Konfrontation in Friseurkreisen »das Alterspubertäts-

Gespräch«, kurz APG, genannt wird. Er legte mir auch noch die zweite Hand auf die Schulter und beschrieb die Lage. Demzufolge hatte sich die Mönchsplatte rasant ausgebreitet, in Länge und Breite. Ich blickte in den großen Friseurspiegel, in dem eigentlich alles wie immer aussah. Bis Karsten einen kleinen Spiegel hochhielt, wodurch ich auch meinen Hinterkopf betrachten konnte, was ich seit längerer Zeit nicht getan hatte. Das Bild, das sich mir darbot, erinnerte an Aufnahmen aus dem Vietnamkrieg, als die Amerikaner die üppigen Regenwälder mit Agent Orange in kahle Todeszonen verwandelten. Warum hatte ich davon nichts mitbekommen? Warum hatte mir denn niemand etwas gesagt?

Von meiner Frau wusste ich bereits, dass sie in dieser Hinsicht keine Hilfe ist. Frauen sind die schlimmsten Leugnerinnen, wenn es um die Haare ihrer Männer geht. »Du verlierst keine Haare. Deine Kopfhaut wird nur heller!«, hat sie mir einmal gesagt. Unter Alterspubertieren nennt man diese Form des Beschisses übrigens KGV – Komplimente zum gegenseitigen Vorteil. Das bedeutet, meine Frau sieht meine Glatze nicht. Dafür ignoriere ich, dass ihre Brüste nicht mehr ganz so fest sind. Es ist ein Gleichgewicht der Lügen, das wunderbar funktioniert, solange beide Partner mitspielen. Noch wichtiger ist allerdings der Selbstbeschiss. Man streckt den Hals vor dem Spiegel so lange, bis die schlimmsten Stellen nicht mehr zu sehen sind. Das kann zu Halswirbelverletzungen führen.

Es gibt ja Männer, die sagen: Was soll's! Bin ich eben ein

Kahlkopf. Die allermeisten Männer sind irgendwann Kahlköpfe. Wir sind die große Kahlkopfarmee! Dazu sage ich: Was nutzt mir die Haarlosigkeit der anderen? Ich sehe alt aus, jeden verdammten Tag. Es gibt Fotos von mir, aufgenommen vor ein paar Jahren, und ich denke: Wer ist denn dieser junge Brausewind? Wenn ich könnte, würde ich Gott einen Handel anbieten: Brauche ich unbedingt den kleinen Finger der linken Hand? Meiner Beobachtung nach benutze ich ihn kaum. Und warum habe ich zwei Nieren? Kann nicht eine den Job erledigen? Ich würde für ein Büschelchen Haare sogar noch mein rechtes Ohr obendrauf legen. Man hört ohnehin so viel unschönes Zeug heutzutage.

Karsten sagte: »Okay, mein Freund. Gehen wir mal die Optionen durch. Es gibt die Schneckensträhne, den Falschen Juden und das Springende Zebra.«

»Der Klassiker ist natürlich die Schneckensträhne«, sagte Karsten. Dazu ist es notwendig, im noch bewaldeten vorderen Kopfbereich eine mindestens vierzig Zentimeter lange Strähne wachsen zu lassen, die dann in Schneckenform über den kahlen Hinterkopf drapiert wird. Bei dieser Methode wird empfohlen, die Haare nur alle drei Wochen zu waschen, weil sich eine fettige Strähne besser legen lässt.

Option zwei ist in der Anwendung zunächst simpler: Man setzt sich eine Kippa auf die Mönchsplatte und erzählt im Freundeskreis, man sei zum jüdischen Glauben konvertiert und erwäge eine Zukunft als Rabbi.

Karsten meinte allerdings, viele seiner Kunden fänden die

koschere Lebensweise aufwendig und im Detail verwirrend. Er würde mir Option drei empfehlen. Das Springende Zebra beruht auf einer Sinnestäuschung, die durch Strähnchen hervorgerufen wird, die um die kahlen Stellen in das Haar eingearbeitet werden. »Das menschliche Auge folgt dem Strähnchen«, erklärte Karsten. »Es überspringt die kahlen Stellen einfach. Genial, oder?«

»Hmmh«, sagte ich matt.

»Hervorragende Wahl!«, sagte Karsten.

Als ich den Laden verließ, sah ich aus wie eine explodierte Perserkatze. Wahrscheinlich hatte Karsten sogar recht, wenn er sagte, dass jetzt niemand mehr auf meine Glatze schauen würde.

Herbst in der Hose

Meine Frau beschwert sich, dass ich oft gleich einschlafe, wenn wir im Bett liegen. »Früher war mehr los mit dir«, sagt sie.

Ich sage, das sei Unsinn, muss aber beim Wort »Unsinn« laut gähnen, was die argumentative Wucht meiner Worte etwas schwächt.

Meine Frau sagt, nun auch gähnend, sie erkenne bei mir in letzter Zeit eine gewisse sexuelle Unlust. Ich sage gähnend, dass das nicht zutreffe und »sexuelle Unlust« ein völlig irreführender Begriff sei. Denn ich hätte durchaus Lust auf Sex. Aber manchmal hätte ich eben noch größere Lust auf andere Sachen. Zum Beispiel Schlafen.

»Ich glaube, wir müssen unser Sexleben aufpeppen. Mal neue Sachen ausprobieren«, sagt meine Frau gähnend. Und ich frage, gähnend, was sie damit meine. Wie denn aufpeppen? Was denn für neue Sachen? Hallo? Hallo???

Aber meine Frau, das unersättliche Sexmonster, ist eingeschlafen.

Am nächsten Tag betritt meine Frau mein Arbeitszimmer, ohne anzuklopfen, was immer ein schlechtes Zeichen ist. Und sagt: »Wir sind sexuell unterdurchschnittlich.«

Sie hatte im Internet recherchiert. Laut irgendeiner Studie haben Leute in unserem Alter einmal pro Woche Sex.

»Das sind viermal im Monat«, sage ich.

»Fünfzigmal im Jahr. Das ist doch ... Wahnsinn!«, sagt sie.

»Solche Studien, ich weiß nicht. Die meisten sind völlig unseriös«, sage ich.

»Diese ist aber vom Bundesgesundheitsministerium«, sagt meine Frau.

»Das muss gar nichts heißen. Auch dort arbeiten Praktikanten und ungelernte Kräfte«, sage ich.

»Wie will man so was überhaupt feststellen, die Sexhäufigkeit? Als ob es Leute gäbe, die mitzählen beim Sex«, sagt meine Frau und schaut mich an.

Ich erröte. »Ganz genau ... mitzählen ... so ein Quatsch! Völlig unseriös«, stammle ich und hoffe, dass sie mein Unbehagen nicht bemerkt.

Zu meiner Verteidigung möchte ich anführen: Ich zähle nicht wirklich mit. Im engeren mathematischen Sinne. Aber in letzter Zeit kommt es vor, dass ich nach dem Sex nicht nur süße Befriedigung empfinde. Sondern auch eine gewisse Erleichterung. Darüber, es wieder getan zu haben. Und dann denke ich: Prima, geschafft. Mission accomplished. Erst mal eine Woche Ruhe. Es ist ein ähnliches Gefühl wie im Garten nach dem Rasenmähen.

Manchmal werden aus der Woche dann auch zwei Wochen.

Oder vier. Zugegeben.

Die nächsten Abende verbringen wir damit, im Internet die

Worte »Sexleben« und »aufpeppen« einzugeben und die Suchergebnisse auszuwerten. Wir lesen uns durch viele Aufpepp-Artikel, und oft raten die Autoren, es doch mal mit »Dirty Talk« zu versuchen. Zitat: »Sie können sich zum Beispiel mit Hörspielen gemeinsam in diese Materie vertiefen.« Das klingt gut.

Ich stelle mir vor, wir sitzen im Auto. Dort hören wir gerne Hörspiele. Vor allem auch die Kinder. Dieses Hörspiel ist nun etwas ganz Besonderes, denn eine Frauenstimme stöhnt: »Fick mich! Fick mein gieriges Loch!«

Was ich mir schwierig vorstelle beim Dirty Talk ist das Timing. Da müsste ich mich erst mal reinfuchsen. Wir sind zum Beispiel beim Sex, reden total dirty.

»Bück dich, Schlampe!«, brülle ich. Und dann bückt sich die Schlampe, die eben noch meine Frau war. Ist der Sex vorbei, bin ich aber immer noch total in meiner Dirty-Rolle. Ich brülle: »Bitch, schwing deinen verfickten Arsch in die Küche und bring mir vier Leberwurstbrote! Und eingelegte Gürkchen!« Meine Frau sieht mich mit verengten Augen an und zischt: »Sag mal, wie redest du denn mit mir?!«

Der Übergang von dirty zu nichtdirty ist ein schmaler, gefahrenvoller Grat.

Wir entscheiden uns gegen den Dirty Talk.

»Was ist mit Sexspielzeug?«, frage ich meine Frau, die ein offenes Wesen hat. »Hatten wir schon«, sagt sie, und ich erinnere mich wieder, dass ich ihr vor Jahren einen goldfarbenen Dildo geschenkt habe, den »Pocket Lover«, den sie aber kaum benutzt hat, weil das sanfte Brummen des Pocket Lovers sie an einen Kater erinnerte, was meine Frau sexuell irritierend fand. Später haben wir den Pocket Lover aufgrund seiner spitz zulaufenden Form noch eine Weile als Pflanzholz im Garten verwendet.

Wir informieren uns im Internet über die Spielarten des »Butt-Plug« – das ist eine Art Gummistöpsel, den die Frau dem Mann in den Po drückt, um die Prostata zu stimulieren. »Klingt doch gut«, sagt meine Frau. Aber ich stelle mir vor, wie der Stöpsel in meinem Po versinkt, in dunkle Untiefen, und niemand weiß, wo und ob der Butt-Plug je wieder auftaucht.

Was machen wir hier eigentlich?, denke ich. Jeder weiß doch, dass der Sex mit den Jahren weniger wird. Aber alle tun so, als könnte man dagegen ankämpfen, als ginge es weiter bergauf, wenn man sich nur ein bisschen Mühe gibt. Und dann hat man plötzlich Super-Sex ab fünfzig, Super-mega-Sex mit sechzig, Super-mega-Scheiß-die-Wand-an-Sex mit siebzig, und den allergrößten Knaller-Orgasmus, mit dem man direkt ins Weltall der Lüste fliegt, erlebt man mit achtzig. Im Pflegeheim. Das Beste kommt zum Schluss.

Schöner Gedanke eigentlich.

»Was ist mit Rollenspielen?«, frage ich meine Frau, um den Aufpepp-Prozess voranzubringen. »Rollenspiele sind etwas für fortgeschrittene Sex-Genießer«, lese ich in einem Artikel mit der deprimierenden Überschrift »Herbst in der Hose«. Mir persönlich kämen Rollenspiele entgegen, ich habe von jeher eine kleine Schwäche für Uniformen. Als Pubertierender konnte mich nichts so erregen wie eine Stewardess, eine Politesse oder auch: unsere üppig-dralle Sportlehrerin im blutwurstbraunen Baumwoll-Trainingsanzug.

»Rollenspiele? Echt?«, sagt meine Frau. »Zahnarzt und Patientin? Drogenfahnderin und Junkie? Eva Braun und Adolf Hitler?«

Wir entscheiden uns gegen Rollenspiele.

Später holen wir eine DVD und schauen uns zur weiteren Inspiration *Fifty Shades of Grey* an. Ein Multimillionär verführt eine schöne junge Frau und zeigt ihr die erregende Welt von Sadomaso, Dominanz und Bondage-Fesselspielen. Meine Frau ist nicht abgeneigt. Ich werfe ein, dass ich für Bondage überhaupt kein Talent habe. Fesseln, Knoten machen, einpacken, auspacken – handwerklich und in Sachen Dekor war ich schon immer eine Null. Meine Frau stimmt mir zu. Zudem sei ich auch zu wenig dominant. Und Sadismus? Ich habe mal als Kind unserem Hund eine Wurst auf den Kopf gebunden. Der Hund hat die Wurst gerochen, er hat sich gedreht und gewunden, kam aber an die Wurst nicht ran. Das fand ich lustig. Ich habe allerdings noch nie einer Frau eine Wurst auf den Kopf gebunden.

Wir entscheiden uns gegen Sadomaso und Bondage.

Unsere fünfzehnjährige Tochter kommt ins Wohnzimmer und setzt sich zu uns.

Sie sagt: »Ihr schaut *Fifty Shades of Grey*? Cool!«

Ich sage: »Mama und ich, wir wollen unser Sexleben aufpeppen.«

Sie sagt: »Igitt! Warum das denn? Ihr seid doch alt.«

Meine Frau und ich entscheiden, dass wir erstens unsere Tochter enterben und zweitens etwas finden müssen, das uns aufpeppmäßig nicht überfordert.

In einem Ratgeberbuch wird empfohlen: »Verabreden Sie sich regelmäßig zum Sex an einem unbekannten Ort.« Meine Frau schlägt sofort das Schlosshotel vor. Fünf Sterne, Kingsize-Betten, hundertachtzig Euro pro Nacht.

Ich sage, dass ich mich viel zu jung fühle, um für Sex zu bezahlen. Und was spricht eigentlich gegen die Jugendherberge am Bahnhof?

Schließlich entscheiden wir uns für regelmäßige Sexverabredungen an einem bekannten Ort: unser Schlafzimmer.

»Wie sieht's bei dir übermorgen aus?«, fragt meine Frau.

»So kurzfristig?«, frage ich.

Wir liegen mit unseren Handys auf dem Bett und schauen im Kalender nach freien Terminen. Wir verabreden uns zum Sex an einem Donnerstag in viereinhalb Monaten. Meine Frau sieht nicht glücklich aus, aber ich sage, dass die Vorfreude der größte sexuelle Stimulus ist.

»Und wenn wir es gleich tun?«, fragt meine Frau.

»Was meinst du? Gleich im Sinne von jetzt?«

»Ja«, sagt sie und beginnt sich auszuziehen.

Also ziehe ich mich auch aus, und dann liegen wir beide da, nackt und mittelalt, und dann tun wir es, und es fühlt sich gut an, wirklich gut, und ich spüre, wie ich unseren Sex vermisst habe, auch wenn die Spontanität, wenn man es genau bedenkt, natürlich kompletter Wahnsinn ist.

»Wir könnten das nächste Mal die Kopfkissen ans Fußende legen«, sagt meine Frau euphorisiert. »Wir tun es verkehrt herum! Dann ist es so, als wären wir an einem unbekannten Ort. Was meinst du?«

Legen wir uns dann noch einen Teddybären mit ins Ehebett, dann ist es ja sogar eine Art Dreier an einem unbekannten Ort, denke ich.

Wahnsinn!

Die neue weibliche Fruchtbarkeit

In der Alterspubertät fangen viele Entwicklungen harmlos an, aber davon darf man sich nicht täuschen lassen. Es war Juli, als meine Frau sagte: »Ich würde gerne mal Erdbeeren einkochen. Heike macht das auch, und ihre Marmelade ist ein Traum!« Ich dachte: Warum nicht?

Einen Tag lang widmete sich meine Frau der Erdbeerverarbeitung, am Abend standen zwei kleine Gläser auf dem Küchentisch, die wir nun im Kreise der Familie verkosten sollten. Meine Frau schloss die Augen und stöhnte: »Oh ja! Oh ja!« Es klang, als würde sie einen japanischen Pornofilm synchronisieren.

Die Kinder fragten, warum die Marmelade so dünnflüssig sei. Und so grau aussehe. Und gar nicht süß schmecke. Meine Frau erklärte, das sei eben echte Naturmarmelade, nur mit Agavendicksaft gesüßt, ohne todbringende Zusatz- und Farbstoffe. Die Kinder fragten: »Dürfen wir trotzdem weiter die Marmelade aus dem Supermarkt essen?« Ich nutzte den Moment, um mein grau-saures Testhäppchen dezent im Mülleimer verschwinden zu lassen.

»Sehr gute Marmelade!«, sagte ich und dachte: Die zwei Gläser bekommen wir schon weg. Man mischt sie einfach im Katzenfutter unter.

Mir war zu diesem Zeitpunkt nicht klar, dass diese zwei kleinen Gläser nur der Auftakt von etwas viel Größerem waren. Nach den Erdbeeren kamen bald die Johannisbeeren, die Stachelbeeren und der Holunder – meine Frau verbrachte nun mehrere Tage in der Küche. Die anwachsende Fruchtmenge machte die Anschaffung unterstützender Geräte notwendig. Manchmal tauchte ich in der Küche auf, zeigte auf eine Art Miniatur-Kernkraftwerk und fragte: Was ist das denn? »Ein Dampfentsafter«, sagte meine Frau. Sie trug Gummihandschuhe, die bis zu den Ellenbogen reichten, sie sah aus wie ein Detective bei *CSI: Miami*.

Bald türmten sich in unserer Küche auch verschiedene Kupferkessel, Edelstahltrichter, zweihundert Retro-Fruchtgläser und ein altertümlicher Apparat zur manuellen Früchtezerkleinerung, den meine Frau »Flotte Lotte« nannte.

Aufgrund der nun vorhandenen industriellen Marmeladen-Infrastruktur brauchte meine Frau bald noch mehr Früchte. Und billige Saisonarbeitskräfte. Heißt: die Kinder und mich. An einem Samstagmorgen gegen sechs Uhr brüllte sie mit heiserer Drillsergeant-Stimme: »Raustreten zum Obsteinsatz, ihr Schlappschwänze!« Dann fuhr sie uns aus der Stadt ins Umland. Dort gibt es Selbstpflück-Plantagen, auf denen Städter erst bis zur Erschöpfung Früchte ernten, wofür sie dann später auch noch Geld bezahlen müssen.

Als wir spät in der Nacht mit wunden Händen nach Hause kamen und die Kinder und ich nur noch ins Bett wollten, brüllte der Drillsergeant: »Wo wollt ihr hin? Glaubt ihr, das verdammte

Obst füllt sich selbst in die Marmeladengläser? Glaubt ihr das?!!«

Wir wuschen, putzten, zerkleinerten das Obst. Niedere Dienste für die Kinder und mich. Meine Frau stand am Kupferkessel und überwachte die Produktion, die nun auf rund fünfhundert Gläser angewachsen war. »Mama ist verrückt geworden«, sagten die Kinder. Was ich aus pädagogischen Gründen natürlich verneinte, aber nicht für ausgeschlossen hielt.

Ich sprach mit Freunden darüber. Erfahrene Alterspubertiere, weibliche und männliche, versicherten mir, die Marmeladenphase sei ein verbreitetes Phänomen bei Frauen in den mittleren Jahren. Aber zu den Gründen konnten sie wenig sagen. Manche vermuteten, es habe mit der Kriegserfahrung der Großmütter zu tun, die ja auch immer einkochen mussten. Andere meinten, es könnte sich um eine Reaktion auf die nachlassende weibliche Fruchtbarkeit handeln. Eine Art Marmeladen-Kompensation, basierend auf dem biochemischen Gesetz, dass die Summe der Früchte immer gleich sein muss.

Ich fand das alles wenig überzeugend und überlegte, doch ganz einfach meine Frau zu fragen. Aber die Betroffenen sind ja bekanntermaßen am wenigsten in der Lage, sich selbst zu analysieren. Ich suchte deshalb Rat in medizinischen Fachbüchern. Zwei Dinge fand ich interessant: In der Alterspubertät kommt es bei Männern und Frauen zu einem Wachstum der Ohren. Gleichzeitig haben viele Frauen auch Probleme mit ihrer Schilddrüse und klagen über Kopfschmerzen.

Anschließend tat ich etwas, was man als Mann immer gerne tut, wenn man eigentlich nichts Genaues weiß: Ich entwickelte eine Theorie. Könnte es nicht sein, dass mit Beginn der Alterspubertät in der weiblichen Schilddrüse ein Gelier-Hormon (lat. Hormonus Schwartau) gebildet wird? Dieses Hormon verändert nun den Stoffwechsel und führt zu einer Sekretablagerung in den sogenannten Fruchtbeutelchen (lat. Saccus Fructus), die sich in den Ohrknorpeln befinden. So lässt sich doch das Ohrenwachstum plausibel wissenschaftlich erklären! Sobald eine gewisse kritische Masse im Fruchtbeutelchen überschritten wird, löst das Gehirn einen Fruchtzwang aus, der zu starken Kopfschmerzen führt, sobald die Frau nicht genug einkocht. Mit Ende der Alterspubertät sinkt der Gelier-Hormon-Pegel dann wieder.

Darauf hoffe ich jetzt. Es ist nur eine Phase, Hase, sage ich mir. Und bete, dass sie nicht ewig dauert, denn der Genuss sauergelierter Früchte führt bei mir bereits zu klotzigem Stuhlgang. »Da musst du durch«, sagen meine Freunde. Zumal später ja noch die Ich-backe-jetzt-mein-eigenes-Brot-Phase oder die Wir-essen-alle-nur-noch-Wildkräuter-Phase folgen werden.

Um mich zu entlasten, belade ich jetzt manchmal im Schutz der Nacht unseren Autoanhänger randvoll mit Marmeladengläsern, die ich tagsüber im Wohngebiet an Bedürftige verteile. Was nicht ganz einfach ist. Die Kinder aus der Nachbarschaft rennen weg, wenn sie mich nur sehen. Die Obdachlosen wollen nur Marmelade, die mit Rum oder Cognac versetzt ist. Bei der Caritas zeigte der Pförtner auf den vollgestellten Hof.

»Tut mir leid«, sagte er. Allein heute seien bereits fünf andere Marmeladen-Männer vorbeigekommen.

Tagebuch eines Trinkers

Das Wunderbare am Verheiratetsein ist, dass einem jemand durch die Wirren des Lebens hilft. Das Blöde am Verheiratetsein ist, dass diese Hilfe oft völlig ungefragt kommt. Vor ein paar Tagen sprach ich lange mit meiner Frau. Es ging um mein Alkoholproblem. Wobei das ihre Sicht der Dinge ist.

Dazu muss man wissen, dass meine Frau fast keinen Alkohol trinkt. Manchmal, wenn es ein besonderes Essen gibt oder sie sehr ausgelassen ist, trinkt sie ein Viertelchen von einem Weinglas. Nach einem Schluck Rotwein sagt sie: »Ich bin beschwipst.« Nach dem dritten Schluck beginnt das Komasaufen.

Gemessen an den Trinkgepflogenheiten meiner Frau bin ich Alkoholiker, zugegeben. Dabei ist sie es, die mich in diese Lage bringt. Wenn ich zum Abendessen eine gute Flasche öffne und sie nur wie ein Vögelchen am Glase nippt, dann muss ich doch was tun. Wein hält sich nicht ewig, das weiß jeder.

Meine Frau aber sagt: »Lügner, versoffener!« Meine Frau sagt: »Alles Ausreden!« Und ein bisschen recht hat sie ja. Früher war Alkohol für mich eine Spaßdroge, die mir half hochzukommen. Heute will ich runterkommen. Ich liebe es, wenn bei meinem Feierabend-Weinchen der Bauch angenehm warm wird und der

Kopf angenehm weich. Dieses schöne Gefühl bedeutet: Die Tagespflicht ist vorbei. Let's start the Abendshow.

Selbstverständlich kann ich jederzeit auf Alkohol verzichten. Ich meine, ihn zu trinken ist schon geil, aber ich muss das nicht ständig haben. Ich sagte zu meiner Frau: »Baby, ab jetzt mache ich jede Woche einen alkoholfreien Tag.« Meine Frau sagte: »Und was ist, wenn du es nicht schaffst?« Ich musste lachen, ich meine, wir sprechen hier von einem einzigen, winzigen Tag in einer ganzen, riesigen Woche. »Wenn ich es nicht schaffe, dann pausiere ich ein ganzes Jahr«, sagte ich feierlich. »Abgemacht«, sagte meine Frau. »Wir starten nächste Woche.«

Ich bin mit einem sehr guten Gefühl in diese Woche gegangen. Ich überlegte, den alkoholfreien Tag gleich auf den Montag zu legen. So könnte ich mit einem Donnerschlag beweisen, was für ein willensstarker, konsequenter Mann ich bin. Andererseits könnte das auch sehr bemüht wirken, ja fast ängstlich, so als zweifelte ich selbst daran, es zu schaffen. Also sagte ich mir: »Kumpel, lass es locker angehen. Dein alkoholfreier Tag ist der Dienstag.«

Am Dienstag dachte ich schon nach dem Aufstehen, es könnte möglicherweise der falsche Tag sein. Wir hatten am Montag, nach dem Fußballspielen, ordentlich getankt. Mein Kopf schmerzte, und so weit der medizinische Fortschritt auch gediehen sein mag: Gegen Brummschädel hilft nur ein Konterbier zum Mittagessen. Aber ich sagte mir: »Keine Panik auf der Titanic!« Denn plötzlich wurde mir klar: Der Mittwoch ist der ideale Tag zum Alkoholfasten. Das Wichtigste an so einer Woche ist doch die Dramaturgie, der Rhythmus: Zuerst hat man zwei Tage Spaß. Es folgt der Mittwoch, eine Art Brückentag. Dann folgen vier weitere herrlich entspannte Chardonnay- und Krombacher-Tage.

Am Mittwoch lief es wirklich gut. Ich dachte nicht eine Sekunde an Alkohol. Bis gegen neunzehn Uhr Heike bei uns klingelte. Sie rief: »Überraschung! Ich hab den neuen Job bekommen.« Sie hatte Sekt dabei. Meine Frau stellte zwei Gläser auf den Tisch. Dann sah sie mich an und fragte: »Oder willst du auch einen Schluck?« Es war eine Provokation, ganz klar. Das ist diese Art von Ehefrauen-Pädagogik, die mich rasend macht. Mir war sofort klar: Schon aus Prinzip werde ich dieses hinterhältige Spiel nicht mitmachen. Und wer sagt denn, dass der Mittwoch die Mitte der Woche ist? Die liegt doch rein mathematisch betrachtet genau zwischen Mittwoch und Donnerstag, weshalb es nur folgerichtig ist, den alkoholfreien Tag auf Donnerstag zu verschieben.

Am Donnerstag spürte ich: Das ist mein Tag! Diesmal würde nichts, aber auch gar nichts dazwischenkommen. Ich würde standhaft bleiben. Clean. Ich freute mich bereits auf den Cuba-Libre-Freitag, der das Gin-Tonic-Wochenende einläuten würde. Was für eine geniale Idee, am Donnerstag mal nichts zu trinken, das könnte glatt zu einer Gewohnheit werden! Am späten Nachmittag fühlte ich mich dermaßen sicher und fokussiert, es war mir fast unheimlich. Wenn ich gewusst hätte, wie einfach die Abstinenz ist, hätte ich das auch schon früher mal gemacht.

Am Abend besuchte ich wie geplant meine Großmutter im Krankenhaus. Sie hatte sich vor ein paar Tagen ein Bein gebrochen und war gerade operiert worden. Meine Großmutter lag in ihrem Krankenhausbett, und als sie mich sah, rief sie: »Junge, gib mir doch mal den Eierlikör aus dem Schrank!«

Ich fragte, ob sie das wirklich für eine gute Idee halte, so kurz nach der Operation. »Ach was«, sagte sie. Ich murmelte, ich würde gerade eine kleine Alkoholpause machen. »Junge, das ist doch kein Alkohol«, sagte sie und füllte zwei Gläser. Meine Großmutter lächelte, und ich spürte, wie das Leben in ihren ausgemergelten Körper zurückkehrte. Hätte ich sie jetzt enttäuschen sollen? Mein Seelenheil egoistisch über das ihre stellen?

»Eingegossen – rasch genossen!«, sagte meine Großmutter.

»Hopp hopp – rin' in Kopp«, sagte ich. Wir tranken.

»Auf einem Bein kann man nicht stehen!«, sagte meine Großmutter und goss nach.

»Aller guten Dinge sind drei!«, sagte ich.

»Vier Beine hat der Tisch!«, rief meine Großmutter.

»Fünf Finger hat die Hand!«, erwiderte ich.

»Sechse kommen durch die Welt!«, jubelte daraufhin meine Großmutter.

»Sieben Zwerge hat Schneewittchen!«, konterte ich.

Und schon war die Flasche leer.

Dann kam der Freitag. Nüchtern betrachtet (auch wenn das seltsam klingt), war es überhaupt kein Problem, meinen Plan noch vor dem Wochenende umzusetzen. Ich würde nicht das geringste Risiko eingehen, nichts dem Zufall überlassen. Ich arbeitete bis neunzehn Uhr, fuhr dann sofort nach Hause, machte es mir auf dem Sofa bequem und schaute meine Lieblingsserie *How I Met Your Mother*. Irgendwann hörte ich auf der Straße ein Auto bremsen, ich vernahm einen Aufprall, eilte zur Balkontür, blickte hinunter und sah unseren Kater Bruno leblos auf der Straße liegen.

Ich taumelte ins Wohnzimmer zurück, wahrscheinlich stand ich unter Schock. Meine Frau sagt, sie habe mich mitten in der Nacht zusammengekrümmt auf dem Sofa gefunden, eine leere Whiskyflasche in der Hand. Später stellte sich heraus, dass es die Nachbarskatze war, die überfahren worden war. Unser Kater Bruno lag die ganze Zeit friedlich neben dem Sofa. Meine Frau rief, mein Alkoholismus sei in dieser Woche noch schlimmer geworden, ich hätte offenbar vollkommen die Kontrolle über mich verloren.

Am Samstag trank ich gleich zum Frühstück eine Flasche Bier. Genüsslich, aufreizend lässig. »Hast du also aufgegeben?«, fragte meine Frau. »Ganz im Gegenteil, meine Liebe«, sagte ich.

Mein Plan stand fest. Ich wollte den Showdown am Sonntag. Das Drama, das große Finale. Wann zog Gary Cooper seinen Colt im Western *High Noon*? Doch nicht um zehn Minuten vor zwölf Uhr mittags. Sondern *Punkt* zwölf Uhr mittags! Wann gewann Manchester im legendären Championsleague-Klassiker gegen

Bayern München? In der Nachspielzeit. In letzter Sekunde. So werden Legenden und Helden geboren! Nur Angsthasen gehen auf Nummer sicher und gewinnen, bevor sie es müssen.

Der Sonntag kam. Tagsüber verhielt ich mich still, unauffällig. Kein Problem. Die Alkoholgefahr, das wusste ich nur zu gut, lauert in den Abendstunden. In dieser Zeit musste ich an einem absolut sicheren Ort sein. Abgeschnitten von der Außenwelt. Ohne Handy-Kontakt. Ohne alkoholische Verführungsgefahr. Wenn möglich ein stiller, dunkler, fensterloser Raum.

Ich ging in die Mitternachts-Sauna. Es war 23.30 Uhr.

Die Sauna war menschenleer. Ich saß auf der Holzbank, nackt, nur meine Uhr am Handgelenk. Ich genoss die Wärme und spürte die süße Euphorie des nahenden Sieges in mir aufsteigen. Es war jetzt 23.56 Uhr.

Die Saunatür klappte auf, ein dicker, nackter Mann kam mit einem Holzbottich herein. Er sagte mit kehliger Stimme: »Frischer Aufguss?« Da hatte ich nichts dagegen. Heißer Dampf stieg vom Saunaofen auf, ich atmete tief ein, roch Minze, Kiefernnadel und eine wunderbar scharfe Note. Es war herrlich. Durch die Hitze wurde mir ein bisschen schwindlig. Aber war es wirklich die Hitze? Und was war das für ein scharfer Geschmack auf meiner Zunge?

»Ist gut?«, grunzte der dicke Mann, offensichtlich ein Russe.

»Sehr gut«, ächzte ich.

»Ist Aufguss Moskau. Teil Minze. Teil Kiefer. Und beste Teil: Wodka.«

Ich spürte, wie der Alkohol durch meinen Körper schoss. Unter anderen Umständen hätte ich meinen Zustand wahrscheinlich als himmlisch bezeichnet. Ich sah auf die Uhr, es war eine Minute nach Mitternacht.

Mein alkoholfreies Jahr hatte begonnen.

Let's go crazy

Vorfreude ist die größte Freude des Alterspubertiers. Sein Lieblingssatz beginnt mit den Worten »Man müsste mal wieder ...«. Da leuchten die Augen des Alterspubertiers, weil es das Gefühl hat, das gerade Gewünschte sei durch die bloße Erwähnung schon so gut wie in Erfüllung gegangen. Vor ein paar Wochen sagte meine Frau: »Man müsste mal wieder so richtig auf die Piste gehen!« Ich fand die Idee toll, unsere besten Freunde, Jenny und Daniel, fanden die Idee auch toll, und so verabredeten wir, uns einen total verrückten Samstagabend zu gönnen, wie in den guten, alten Zeiten.

Bereits zwei Wochen vor diesem total verrückten Samstagabend wurde viel organisiert. Meine Frau schlug vor, sich bei uns zu treffen, ein paar Drinks zu nehmen und dann durch die Clubs zu ziehen. Tina und Markus wollten auch mitkommen, meine Frau verschickte eine Excel-Tabelle, in der alle ihre Cocktailwünsche und Lieblingsclubs vermerken sollten. Dabei stellte sich heraus, dass wir grundsätzlich Mojito gut finden und fünf der sechs vorgeschlagenen Clubs seit Jahren geschlossen sind. »Kein Problem, ihr ungezogenen Disco-Hasen«, schrieb meine Frau in einer launigen Mail, die mit vielen Smileys versehen war.

»Dann gehen wir eben in den Club, der noch offen ist. Let's go crazy!«

Verabredet war, dass die anderen gegen neunzehn Uhr zu uns kommen sollten. Ab sechzehn Uhr stand meine Frau vor dem Kleiderschrank und probierte Klamotten an. Alle fünf Minuten rief sie: »Oh Gott, ich habe nichts anzuziehen! Ich kann doch so nicht weggehen! Warum habe ich denn überhaupt nichts anzuziehen?« Ich beruhigte sie und riet zu den engen schwarzen Jeans und dem weißen Top, das die Hüften etwas freilässt. Ich selbst beschließe, stylemäßig keine großen Experimente zu veranstalten. Den routinierten Partygänger erkennt man an seiner unaufgeregten, selbstverständlich wirkenden Garderobe, die eine extravagante Note erahnen lässt. Ich trage meine dunkelblauen Lieblingsjeans und ein schwarzes T-Shirt, dazu die dunkelgrünen Cowboystiefel mit den Kupferschnallen, die ich mal auf dem Flohmarkt gefunden habe. Wir betrachten uns im Spiegel und sehen ein junges, rotzlässiges Paar, das bereit ist, die verdammte Stadt zu rocken.

Punkt neunzehn Uhr klingelt es, Jenny und Daniel stehen vor der Tür. Ich hätte sie fast nicht erkannt. Jenny trägt eine Netzstrumpfhose, ihr Kleid endet kurz unter dem Bauchnabel. Sie sieht aus wie vom weißrussischen Straßenstrich. Daniel, der sonst immer Anzüge trägt, steckt in einer beuteligen Hip-Hop-Jogginghose, dazu weiße Sneakers und ein Pete-Doherty-Hütchen. Außerdem hat er sich eine Kinn-Muschi rasiert. Jenny schaut uns an, ruft: »Ihr seid ja noch gar nicht angezogen!«

Meine Frau stammelt, sie habe so viel zu tun gehabt. Ich schaue stumm auf meine unaufgeregte, selbstverständlich wirkende Garderobe, die eine extravagante Note erahnen lässt.

Für den Abend habe ich extra eine Limettenpresse gekauft und mir die besten Mojito-Rezepte im Internet angeschaut. Zum Mixen trage ich eine schwarze Barkeeper-Schürze. Meine Frau macht Partymusik an, die Klassiker aus den Achtzigern. Wir stoßen an, trinken, Jenny ruft: »Wir werden sooo viel Spaß haben, heute Abend!«

Jenny will sofort tanzen, sie zerrt Daniel von der Couch. Meine Frau sagt, ihr sei der Mojito zu stark, sie mache sich lieber einen Tee. »Ich nehme auch einen Tee«, ruft Jenny, die gerade mit expressiven Discofox-Bewegungen um einen unserer Sessel tanzt. Daniel zieht seine neuen Sneakers aus, weil sie an der Ferse drücken.

Das Telefon klingelt, es sind Tina und Markus, die Bescheid sagen wollen, dass sie etwas später kommen. Daniel trinkt gerade den dritten Mojito und hat auf einmal riesigen Hunger. »Geht mir immer so, wenn ich was trinke«, sagt er. »Und da Daniel immer trinkt, hat er auch immer Hunger«, ruft Jenny von der Tanzfläche. »Nicht wahr, mein kleiner Schnitzelfriedhof?« Daniel guckt beleidigt und schlägt vor, ein paar Wurstbrote zu machen. Aber meine Frau sagt: »Ach, ich koche schnell was. Ich habe doch den neuen Dampfgarer, da mache ich uns ein leckeres Spargel-Risotto.«

Daniel klatscht begeistert in die Hände. Er legt sein Pete-

Doherty-Hütchen ab und beginnt, Spargel zu schälen und zu schneiden. Jenny entdeckt ein Foto von unserem Spanienurlaub am Küchenschrank. Sie will unbedingt mehr Fotos sehen. Ich baue den Beamer auf und verteile Salzstangen. Jenny ist ein bisschen kalt in ihrem Nuttenkostüm, sie kriegt eine Strickjacke von meiner Frau. Während das Risotto gart, präsentiere ich unsere siebenhundert schönsten Familienporträts aus Galizien. Daniel mixt sich noch einen Mojito. Die Kinder kommen rein. »Wolltet ihr nicht weggehen?«

Ich sage: »Wir sind auf dem Sprung.«

Das Telefon klingelt, es sind Tina und Markus, die Bescheid sagen wollen, dass Tina sich nicht so gut fühlt. Jenny sagt: »War doch klar, dass die nicht kommen. Das sind solche Langweiler geworden!« Daniel, der sich eine Küchenschürze umgebunden hat, nickt. Meine Frau sagt: »So einen Abend, wie wir ihn heute machen, einfach mal steil gehen, das kann eben auch nicht mehr jeder in unserem Alter.« Daniel kommt mit dem dampfenden Risotto-Topf aus der Küche.

Jenny erzählt von ihren Nachbarn, die beim Sex immer so laut schreien. Jenny sagt, dieses Sexgeschreie sei vor allem Angeberei. »Die wollen dem ganzen Haus sagen: Hey, bei uns brennt die Matratze.« Daniel gähnt.

Während meine Frau einen Verdauungstee brüht, fragt Daniel, ob er sich mal irgendwo zehn Minuten hinlegen kann. »Damit ich später richtig fit bin.« Daniel legt sich auf die Wohnzimmercouch, die Frauen gehen auf den Balkon und betrachten den wilden Salbei, den meine Frau dort neben einer alten Koriandersorte züchtet. Die Kinder kommen rein. Ich sage: »Pssst, Onkel Daniel schläft.« Die Kinder flüstern: »Wolltet ihr nicht weggehen?« Ich sage: »Wir sind auf dem Sprung.«

Daniel schnarcht.

Meine Frau schlägt vor, dass wir etwas spielen, bis Daniel wieder aufwacht. Ein Brettspiel wird aufgebaut. Meine Frau liest die Spielanleitung vor, es klingt kompliziert. Jenny gähnt verstohlen. Ich frage: »Will noch jemand einen Mojito?« Jenny schüttelt den Kopf, sagt: »Ich mach mal Pause, damit ich später richtig fit bin.«

Meine Frau liest weiter in der Spielanleitung, ich koche Kaffee. »Bist du sicher, dass Daniel noch mal aufwacht?«, frage ich Jenny.

Jenny sagt: »Natürlich! Wir müssen jetzt aber auch wirklich los. Sonst versacken wir hier noch. Ich rufe gleich mal ein Taxi!«

Ich schlage vor, noch schnell für jeden einen Cuba Libre zu mixen. »Der peitscht uns richtig hoch.« Leider sind die neuen Eiswürfel noch nicht fertig. »Dann können wir ja noch zu Ende spielen!«, sagt meine Frau.

Es hat angefangen zu regnen. »So, jetzt rufe ich aber ein Taxi!«, sagt Jenny. »Super. Lass uns nur noch den Regenguss abwarten«, sage ich. »Außerdem ist das Eis gleich fertig.« Die Kinder schauen rein: »Wolltet ihr nicht weggehen?«

Ich sage: »Wir sind auf dem Sprung.«

Der Cuba Libre haut richtig rein. Leider anders als geplant.

Jenny gähnt, meine Frau gähnt, ich gähne. Mittlerweile ist es kurz vor Mitternacht. Jenny sagt, gähnend: »Also, ich glaube, das lohnt sich jetzt nicht mehr, oder?« Meine Frau pflichtet ihr gähnend bei.

»War doch auch so ein superschöner Abend, oder?«

»Superschön! Das müssen wir öfter machen«, sagt Jenny.

Ich schlage vor, dass, angesichts der späten Stunde, die beiden am besten bei uns übernachten. »Daniel schläft ja sowieso schon.«

»Und morgen gehen wir schön zum Brunch«, sagt Jenny.

»Oder wir spielen noch zu Ende!«, sagt meine Frau.

Wir gehen ins Schlafzimmer. Meine Frau hängt das weiße Top, das die Hüften etwas freilässt, in den Schrank zurück. Ich ziehe die dunkelgrünen Cowboystiefel aus. Fünf Minuten später liegen wir im Bett.

Die Kinder kommen rein: »Wolltet ihr nicht weggehen?«

»Wir sind auf dem Sprung«, murmle ich.

Relaxen, kuscheln, vögeln

Seit einiger Zeit plagen mich Schmerzen im Schultergürtel und im Nacken, verbunden mit Kopfschmerzen. Mein Kiefer ist fest wie ein Schraubstock, vor allem nachts. »Es ist der Stress«, sagte meine Frau. »Du musst mal entspannen.« Und dann schenkte sie mir ein Wochenende in einem Wellnesshotel. Inklusive einer »traditionell thailändischen Massage«. Beziehungsweise: Sie schenkte es uns, denn meine Frau kam ja mit. »Wellness, Wellness! Eine Massage, eine Massage!«, jubelte ich. Aber in meinem Herzen saß die Angst. Massagen lösen bei mir eine Art Fluchtreflex aus. Wegen Istanbul.

Vor ein paar Jahren war ich dort in einem Hamam. Meine Freunde, mit denen ich unterwegs war, hatten gesagt: Das müssen wir machen! Ein ganz alter, traditioneller Hamam ist das! Nun, alt war er. Es roch überall nach jahrhundertealtem Männerschweiß, und wir wurden empfangen von stark behaarten türkischen Bademeistern mit der Figur von Gewichthebern. Einer der Bademeister ergriff mich wie ein Kätzchen und seifte mich mit einem Schwamm ein. Es war unheimlich viel Seife. Mehr, als an einem ganzen Tag in einer Autowaschanlage verwendet wird. Ich hatte Seife im Mund, in den Ohren, in den

Augen. Dann kam endlich Wasser. Viel Wasser. Eimerweise. Und ich dachte: Jetzt wirst du auch noch ertränkt wie ein Kätzchen.

Nach dem Wasser kamen die Prügel. Der Gewichtheber-Bademeister nahm mich in den Schwitzkasten, um irgendwas zu dehnen. Oder zu brechen. Immerzu knackte es, und ich hoffte, dass es nicht mein Genick sein möge. Später setzte sich der Bademeister auf meine Brust. Sein haariger Bauch wippte vor meiner Nase auf und ab, und ich dankte Gott dafür, dass der Mann eine Badehose trug. Als wir den Hamam verließen, dachte ich: Wenn dir das nächste Mal jemand eine Massage anbietet – renn weg!

Stattdessen fuhren wir jetzt ins Wellness-Wochenende nach Mecklenburg-Vorpommern. Denn ich musste mich ja entspannen. »Mal loslassen«, sagte meine Frau. Den Alltag vergessen. Mir etwas Gutes tun. Und da hatte sie völlig recht.

Unser Hotel lag an einem stillen See, zu dem ein schneebetupfter Pfad führte. Am Eingang leuchtete ein warmes Licht aus einer gusseisernen Laterne, und in unserem Zimmer stand ein Bett, blütenweiß bezogen, auf dem zwei rote Handtücher lagen, geformt wie zwei Herzen, und in den Handtuch-Herzen steckten zwei noch rötere Rosen. Gegenüber dem Bett stand ein Kamin, ein steinernes Monstrum, mit dem man vermutlich das ganze Hotel beheizen konnte. Davor lag ein Tierfell. Vielleicht kein Bärenfell, dazu war es zu kuschelig und wuschelig. Aber ging es noch eindeutiger? Es war, als würde das ganze Zimmer brüllen: »Entspannt euch! Relaxt! Kuschelt! Vögelt!«

Da spürte ich einen klitzekleinen Entspannungsdruck.

Am nächsten Tag gingen wir zum »Wohlfühl-Frühstück«, das im Raum »See-Romantik« serviert wurde, auf den Tischen lagen Rosenblätter.

Die Kellnerin fragte: »Möchten Sie Roibusch-Tee?«

Ich fragte: »Was ist mit Kaffee?«

Die Kellnerin sagte: »Wir empfehlen Roibusch-Tee vor den Anwendungen.«

Ich trank Roibusch-Tee, der wie parfümiertes Stroh schmeckte.

»Welche Anwendungen«, fragte ich meine Frau. »Ich dachte, wir entspannen?«

»Deshalb machen wir ja die Anwendungen. Entspann dich!«, sagte meine Frau.

An den Frühstückstischen saßen andere Ü40-Paare, gutgelaunte Alterspubertiere, die klassische Wellnessklientel, die meisten trugen Badelatschen an den Füßen, und ich dachte: Die wirken alle schon so total entspannt. Warum kannst du nicht entspannt sein? Ich trank noch einen Roibusch-Tee.

Später gingen wir erst in die Bio-Dampf-Sauna, dann in die Finnische Sauna, schließlich in die Salz-Sauna. Es gab hier eine »Saunalandschaft«, was bedeutete, dass, sobald man irgendwo eine Tür öffnete, dahinter nackte Menschen auf einem Handtuch saßen. Gefühlt waren es fünftausend Quadratmeter Saunalandschaft, und sicher wird es eines Tages auch »Sauna-Kontinente« geben, die von Bayern bis Sachsen-Anhalt reichen oder bis in die VSR – die Vereinigten Sauna Emirate.

Nach der Salz-Sauna war mir ganz schwummerig, ich hatte kaum noch Puls, aber meine Frau sagte fröhlich: »Wir machen schnell eine ayurvedische Anwendung, und dann testen wir mal die Infrarot-Sauna. Entspann dich!«

Ich schaute sie an, das Herz voller Neid. Meine Frau könnte ständig saunieren und wellnessen und in irgendwelche Therme fahren, und am liebsten hätte sie natürlich einen Masseur geheiratet. Jemanden, der jeden Abend mit warmen, kräftigen Händen durch ihre Luxusmuskulatur pflügt.

Ich halte das nie lange aus: stillsitzen und schwitzen. Dazu die sphärische Entspannungsmusik, die flüsternden Menschen in den weißen Bademänteln, die Kannen mit lauwarmem Kräutertee, und dann kommt man nach Stunden aus dem Wellnessbereich und hat rosa Bäckchen und wirres Haar und sieht ganz durchgebumst aus. Als Wellness reicht für mich völlig: Bier und *Sportschau*.

Aber es gab kein Bier. Ich trank noch einen Roibusch-Tee.

Nach der Ayurveda-Sache und der Infrarot-Sauna baute ich körperlich stark ab. Ich fühlte mich wie ein gekochtes Tier. Ich dachte: Warum ist Entspannung so anstrengend geworden? Wellness, das ist doch auch nur wieder Stress mit anderen Mitteln. Meine Frau sagte, ich dürfe nicht gegen die Entspannung ankämpfen. »Eine Klangschalen-Anwendung wird dir jetzt guttun. Entspann dich! »

Nach der Klangschalen-Anwendung hatte ich einen beidseitigen Tinnitus und suchte hektisch nach einer Toilette – Roibuschtee treibt den Harn aus dem Körper wie nichts Gutes. Auf der Toilette war es leer und kühl. Hier hätte ich bleiben können. Ein Klo, eine Zeitung, das friedliche Gurgeln der Spülung. Wellness pur.

Aber ich musste weiter. Zur »traditionell thailändischen Massage«, die meine Frau mir geschenkt hatte. Ich ging rüber in den Massagebereich. An der Mitarbeitertafel hing ein Foto von Pom, der Thai-Masseurin. Sie war jung, schmal und schön. Und ich dachte: Halleluja – jetzt wird entspannt! Bei Pom lässt du dich wirklich fallen, da vergisst du den Stress und den Alltag. Die macht weiß Gott was für thailändische Dinge mit dir, und du liegst einfach nur da und grunzt zufrieden.

Plötzlich trat ein Mann aus dem Massagekabuff. Thailänder, vielleicht fünfzig, schwammig in den Hüften, Hände wie Bratpfannen.

Ich sagte: »Ich möchte zu Frau Pom.«

Er sagte: »Ick bin Tom. Mann von Pom.«

Er sprach mit schwerem Thai-Akzent.

Ich sagte: »Wo ist Pom?«

Er sagte: »Ick bin Tom. Pom nicht da.«

Ich: »Aber ich habe einen Termin bei Pom. Wann kommt Pom, Tom?«

Tom: »Pom krank. Tom massiert für Pom.«

Verwirrt legte ich mich auf die Massageliege von Tom. Oder Pom?

Tom griff in meine Schultermuskulatur und sagte: »Oohh!

Haaat. Sehr, sehr haaat. Ick muss locka macke!« Aber erst mal wurde ich eingeölt. So viel Öl. Ich war bald flutschig wie ein Neugeborenes.

Dann lernte ich, was »traditionell thailändisch« bedeutet: Jemand rammt dir die Ellbogenspitzen in deine Muskeln. Und dann zieht er auf dem Muskel den Ellbogen ganz langsam hin und her. Ich stöhnte und knurrte vor Schmerz. Ich dachte an Istanbul. Ich dachte daran, an den ätherischen Ölen zu schnüffeln, bis ich ohnmächtig werde. Ich dachte an eine Zeitungsschlagzeile: »Mann beißt Thai-Masseur den Kopf ab!« Tom sagte nur: »Ja, ja. Ick bin Tom. Mann von Pom. Ick muss locka macke!«

Durchgeprügelt, weichgeklopft und in der hinkenden Körperhaltung des Glöckners von Notre-Dame, schleppte ich mich auf unser Zimmer. Ich legte mich ins Bett, leise wimmernd. Jemand klopfte an der Tür, ich öffnete mit letzter Kraft, der Zimmerservice fragte: »Möchten Sie noch Roibuschtee?«

Ich humpelte zurück ins Bett und fiel in Ohnmacht.

So fand mich meine Frau. Ich hätte so friedlich ausgesehen, sagte sie später. Völlig entspannt. Deshalb habe sie unseren Aufenthalt gleich um zwei Tage verlängert. Weil mir Wellness einfach guttut.

Folge deinem Herzen

(Wenn es unbedingt sein muss)

Die Alterspubertät ist eine Zeit der Entscheidungen. Es gibt dieses Gefühl, vielleicht nur noch einmal etwas ändern zu können, bevor die Autobahn des Lebens keine Ausfahrten mehr hat. Ich weiß, das klingt dramatisch, aber genauso sind Alterspubertiere nun mal drauf. Beispiel gefällig? Am Wochenende kam Jenny zu uns, stellte eine Flasche Sekt auf den Küchentisch und rief: »Leute, es gibt was zu feiern. Ich heirate!«

Meine Frau und ich waren etwas überrascht, denn erst vor wenigen Monaten war Jenny ebenfalls zu uns gekommen, hatte eine Flasche Sekt auf unseren Küchentisch gestellt und gerufen: »Leute, es ist etwas Schreckliches passiert, ich lasse mich scheiden!«

Auch da waren wir etwas überrascht, weil wir Jenny und Daniel lange kannten und die beiden wie durch Kernfusion verschmolzen schienen. »Ihr wisst doch, was für ein Arsch Daniel ist!«, rief sie heulend, und wir nickten und bestätigten, niemals einen größeren Arsch als Daniel gekannt zu haben.

Jetzt sagte Jenny: »René ist ein unglaublicher Mann!« Und obwohl wir ja René noch gar nicht kannten, nickten wir. »Aufmerksam, humorvoll, sieht blendend aus …« Wir nickten wieder, und ich dachte, wie seltsam es doch ist, dass sowohl Hochzeit als auch Scheidung nur möglich sind, wenn man einen Teil der Wirklichkeit vergisst. »Das Wichtigste aber ist: Er steht mit beiden Beinen im Leben. René ist total erfolgreich in der Start-up-Szene.«

»Was macht er denn?«, fragte ich.

»Er ist Senior Executive Managing Director im Green-Food-Bereich«, sagte Jenny.

»Aha«, sagte ich.

Beim Verabschieden sagte Jenny: »Mit René habe ich zum ersten Mal keine Zweifel.«

Drei Tage später klingelte Jenny wieder an unserer Tür. »Ich brauch mal eure ganz ehrliche Meinung«, sagte sie. Wir setzten uns an den Küchentisch. »Soll ich die Hochzeit nicht doch wieder abblasen? Ich meine, geht das nicht alles viel zu schnell?«

Meine Frau sagte, dass man einen aufmerksamen, humorvollen, erfolgreichen Mann wie René unbedingt festhalten muss.

»Na ja, aufmerksam ...«, sagte Jenny. »Gestern Abend sprachen wir über die Hochzeit und unseren Kinderwunsch, aber mitten im Gespräch ist er einfach eingeschlafen.«

»Euer Kinderwunsch?«, fragte ich. Jenny ist achtundvierzig.

»Ich weiß, ich hab noch Zeit. Aber ich will das jetzt einfach mal angehen.«

»Sicher ist René nur überarbeitet und deshalb eingeschlafen«, sagte meine Frau. »Ich meine, in seiner Position.«

Jenny seufzte. »Ach, ihr habt ja recht. Ich darf auch nicht zu kritisch sein, oder? Soll ich es also tun?«

»Folge deinem Herzen«, sagte meine Frau.

»Das Herz weiß mehr als der Verstand«, sagte ich und überlegte, wo ich diesen Satz herhaben könnte. Gandhi? Winnetou? Egal.

Jenny ergriff unsere Hände. Wir saßen da wie bei einer Geisterbeschwörung. »Ihr seid so gute Ratgeber! Schluss jetzt mit meinem ewigen Hin und Her. Die Sache ist entschieden!«

Als Jenny gegangen war, tranken wir ein Glas Wein. Wie schön ist es doch, anderen Menschen helfen zu können. Und sei es auch nur ein verwirrtes Alterspubertier.

Zwei Tage später klingelte es an der Tür. Jenny. »Oh Gott, es ist mir so peinlich, aber ich brauche noch mal einen Rat. Habt ihr eine Minute?«

Wir setzten uns an den Küchentisch. »Ich glaube, René und ich, wir sind zu unterschiedlich«, sagte Jenny.

»Unterschiede sind die Würze in jeder Beziehung«, sagte ich schnell und dachte an die *Sportschau*, die in zwanzig Minuten beginnen würde.

Meine Frau sagte: »Die Welt der Topmanager im Green-Food-Bereich kann natürlich einschüchternd wirken auf Leute wie uns.«

»Na ja, Topmanager«, sagte Jenny. »Er hat einen Gemüseladen mit Frischetheke und WLAN. Aber er expandiert gerade.«

»Gemüse ist die Zukunft«, sagte ich und schob Jenny sanft Richtung Tür.

»Aber René kommt mir trotzdem manchmal so fremd vor.«

»Das ist völlig normal«, sagte ich und öffnete die Tür. »Ihr kennt euch doch gerade mal ein halbes Jahr.«

»Sechs Wochen«, sagte Jenny und setzte sich wieder an den Küchentisch.

»Klar, das klingt erst mal nicht viel«, sagte ich. »Aber Qualität ist in der Liebe wichtiger als Quantität. Sechs intensive Wochen, wo man sich von morgens bis abends sieht, redet, liebt ...«

»Na ja, intensiv. René wohnt in Dortmund«, sagte Jenny. »Wir sehen uns nur am Wochenende. Oh Gott, ich muss verrückt sein! Ich sitze hier wie eine Irre, rede von Hochzeit, Kindern. Dabei hat das doch gar keine Zukunft. Ich werde mich trennen! Sofort und unwiderruflich!«

Zum Abschied versicherte ich Jenny, sie sei nicht verrückt.

Was mir schwerfiel.

Am nächsten Tag rief ein Mann an, der Uwe hieß. Er sagte, er sei ein Freund von Jenny und bräuchte mal einen Rat. Jenny hätte total von uns geschwärmt. Als Beziehungsratgeber auch für schwierige Fälle. Er sei gerade in der Nähe. Ob er mal vorbeikommen könne?

Ich sagte, einen asiatischen Akzent imitierend: »Waas? Hallo, hallo? Hier nix verstehen! Hallo, hallo? Wolle Thai-Massage?«

Dann legte ich schnell auf.

In den folgenden Tagen zuckten wir jedes Mal zusammen, wenn es bei uns klingelte. »Es ist Jenny!«, flüsterte meine Frau. »Oder Uwe!«, flüsterte ich. Wir ergriffen Maßnahmen. Meine Frau bezog ihren Beobachtungsposten am Türspion. Ich behielt den Hintereingang im Hof im Blick. Wir verließen die Wohnung nur noch nachts oder in Notfällen. Die Kinder brachten wir bei Verwandten unter. Wir machten kein Licht. Zur Bewegung im Wohnungsgelände nutzten wir die Stirnlampen unserer Campingausrüstung. Es lief gut. Wir dachten, wir könnten es schaffen. Dann erwischte mich Jenny, als ich um drei Uhr nachts mit einer Damenperücke verkleidet den Müll runterbrachte.

»Hast du mal ’ne Minute?«, fragte sie.

Wir setzten uns an den Küchentisch.

»Ich habe nachgedacht«, sagte Jenny. »Vernünftig, ruhig. Erwachsen.«

Halleluja, dachte ich.

»Ich habe mich benommen wie eine Irre, dabei liegt es doch auf der Hand, klar und eindeutig: René und ich gehören zusammen! Wir heiraten!«

In meinem Kopf explodierten Synapsen. Die Erde öffnete ihren dunklen, heißen Schlund, und ich raste Richtung Hölle.

»War es Renés Idee?«, fragte ich mit brüchiger Stimme.

»Nein! Er weiß davon noch gar nichts. Es wird eine Überraschung. Kein Wort zu René!«, flüsterte Jenny.

»Überraschung ... Heirat ... alles klar ... der absolut richtige Schritt«, röchelte ich.

»Ich halte euch in den nächsten Tagen und Wochen natürlich über alles genauestens auf dem Laufenden«, sagte Jenny. »Übrigens: Ist eure Klingel kaputt?«

Vor drei Tagen, gegen 1.30 Uhr, überquerten meine Frau, die

Kinder und ich im Schutz der Dunkelheit die Grenze nach Belgien. Meine Frau hat dort entfernte Verwandte. Wir reisen mit leichtem Gepäck.

So wie alle, die auf der Flucht sind.

Nur alte Leute hier!

Mein Vater saß in diesem Krankenhauszimmer, um seinen Leib schlotterte ein weißes Krankenhausnachthemd, in dem jeder Mensch sofort so aussieht, als wäre er nicht mehr geschäftsfähig. Mein Vater starrte mich an, das Haar ganz wirr, dann lächelte er schief und sagte: »Dich kenne ich doch auch irgendwoher. Oder?« Dann nahm er meine Hand, so wie früher, als ich fünf Jahre alt war und wir gemeinsam eine stark befahrene Straße überqueren wollten.

Die Ärzte sagten, es sei ein Schlaganfall. Und ich dachte: Das ist nun das Ende. Mein Vater ein Pflegefall. Aber zum Glück gab es nur leichte Schädigungen. Auch das Gedächtnis werde zurückkommen, sagten die Ärzte. Mein Vater könne vollkommen gesunden. Aber es brauche eben alles Zeit.

Am dritten Tag im Krankenhaus entschied mein Vater, dass diese Zeit nun gekommen sei. »Ich will nach Hause«, sagte er und packte seine Sachen.

»Aber du hattest einen Schlaganfall«, sagte ich und packte die Sachen wieder aus.

»Schlaganfall? Wer sagt das?«

»Die Ärzte«, sagte ich.

»Ach, Unsinn. Ich war ein bisschen erschöpft. Darf man in meinem Alter nicht ein bisschen erschöpft sein?«

»Vor drei Tagen hast du mich nicht mal mehr erkannt«, sagte ich.

»Natürlich habe ich dich erkannt! Du bist mein Sohn.«

»Ach ja? Der jüngere oder der ältere?«, fragte ich lauernd.

»Das wirst du ja wohl noch selbst wissen«, sagte mein Vater.

Er war schon immer ein Ass darin, den Kopf aus der Schlinge zu ziehen.

Oder zu tricksen. Mein Vater arbeitete als Zahnarzt, und musste ich als Kind auf seinem Zahnarztstuhl Platz nehmen, dann sagte er mit brummendem Bohrer in der Hand: »Also, ich zähle jetzt bis drei, und dann ist es schon vorbei. Das merkst du kaum, so schnell geht das.«

Den Zahnarztstuhl und die Bohrer hatte mein Vater von meiner Großmutter geerbt, die sie wahrscheinlich auch schon geerbt hatte. Die schwergängigen Bohrer aus der Kaiserzeit dröhnten im Mund, so dass man das Gefühl hatte, gleich fahren sie in den Kieferknochen wie in einen alten Bergwerksstollen und von dort weiter ins Gehirn. »Eeeeiins, zweeeeii ...«, zählte mein Vater sehr langsam, während der Bohrer kreischend die Karies rausfräste. Ich wartete auf das erlösende Wort: *drei*! Mein Vater aber sagte: »Zwei-und-ein-Viertel, Zweieinhalb ... ja, gleich vorbei. Zwei-und-drei-Viertel, Drei-Viertel-und-ein-bisschen ...« Dann irgendwann »Dreiiiiiiiiiii.« Das endlose, höllische Finale.

Jetzt saßen wir hier im Krankenhaus, und mir kam diese Geschichte vor wie aus einem anderen Leben. Damals war er der Erziehungsberechtigte und ich das Kind. Nun schien es umgekehrt zu sein.

Ich nahm meinen Vater am Arm, wir gingen den Gang der Station auf und ab, und ich hoffte, er würde von selbst einsehen, dass es nur zu seinem Besten ist, noch eine Weile im Krankenhaus zu bleiben. Stattdessen sagte er: »Mein Gott, schau dir das an. Nur alte Leute hier!«

Mein Vater ist zweiundachtzig Jahre alt. Meine Mutter sagt: »Er ist ein dummer, sturer Bock und kann sein Alter nicht akzeptieren!«

Aber wer kann das schon? Nicht mal Kinder akzeptieren ihr Alter, sondern wären gerne älter, während alle anderen Menschen gerne jünger wären.

Mein Vater treibt die Sache natürlich auf die Spitze, denn er lebt nach dem Prinzip, dass er so gut wie tot ist, sobald er sein Alter akzeptiert.

»Rede mit ihm«, sagte meine Mutter. »Er muss endlich zur Vernunft kommen!«

Also hielt ich meinem Vater einen Vortrag über sein Alter, appellierte an seine Vernunft und medizinische Bildung. Was man eben so macht als frischgebackener Erziehungsberechtigter. Mein Vater lächelte und sagte: »Du bist ein guter Junge.«

Nach zehn Tagen wurde er unter Auflagen aus dem Krankenhaus entlassen. Eine Auflage war: kein Auto fahren.

»Aber natürlich, Herr Doktor«, sagte mein Vater, setzte sich hinters Lenkrad, ließ den Motor aufheulen und fuhr nach Hause.

»Du hättest ihn aufhalten müssen!«, sagte meine Frau später. Und da hatte sie ja recht. Aber freiwillig hätte mein Vater die Autoschlüssel nie rausgerückt. Ich hätte ihn niederschlagen und wie ein Entführungsopfer auf die Rückbank zerren müssen, und das brachte ich nicht übers Herz.

Also kauerte ich schwitzend auf dem Beifahrersitz, während mein Vater mit hektischen Lenkradbewegungen durch die Stadt fuhr und sagte: »Verdammt, ist das jetzt das Bremspedal oder die Kupplung?«

Manchmal ertappe ich mich dabei, wie ich meine Eltern bereits anschaue wie ein verschwindendes Gemälde. Schön, dass sie noch da sind, denke ich dann. Schön, dass sie atmen, reden, nerven. Und wenn spätabends oder ungewöhnlich früh am Morgen mein Telefon klingelt, dann habe ich manchmal Angst, es könnte *der* Anruf sein. Aber dann ist es zum Glück nur meine Mutter, die fragt, ob wir am Wochenende vorbeikommen, sie würde dann auch zwei ihrer berühmten brettharten Fertigtorten aus dem Gefrierfach holen.

Nach dem Krankenhaus musste mein Vater in eine Rehaklinik. Nach drei Tagen rief er mich an. »Die Therapie ist ein gottverdammter Witz«, sagte er. »Kannst du mir meine Fußballschuhe vorbeibringen?«

Ich hielt wieder einen Vortrag über sein Alter, appellierte an Vernunft und medizinische Bildung, und mein Vater sagte: »Du hast sicher recht, mein Junge.« Einen Tag später packte mein Vater seine Sachen, beendete die Reha auf eigenen Wunsch, und niemand in der Klinik war traurig darüber.

Nur meine Mutter und ich litten weiter unter seinen Aktivitäten. An einem Wochenende rief sie mich an und sagte: »Dieser alte Narr wollte Äste beschneiden. Dann fiel die Leiter um. Jetzt sitzt er oben im Pflaumenbaum.«

Ich fuhr zu meinen Eltern. Durch den Garten hallten die Rufe meines Vaters: »Hilde! Hilde, verdammt!«

Aber meine Mutter war bockig. Sie saß am geschlossenen Wohnzimmerfenster, schaute in den Garten und bewegte sich kein Stück. Ich setzte mich daneben. Zusammen beobachteten wir still meinen Vater, der auf dem Baum saß wie ein alter, lahmer Kater. »Du wirst später ganz genauso sein. Wart's nur ab«, sagte meine Mutter schließlich.

Dann stapfte sie in den Garten und ließ mich zurück mit dieser teuflisch-wunderbaren Prophezeiung.